長編小説

みだら海の家

睦月影郎

竹書房文庫

目次

※この作品は竹書房文庫のために
書き下ろされたものです。

第一章　女ばかりの民宿に潜入

1

「本当に、僕なんかが行って大丈夫なのかな……」

志郎(しろう)は、江ノ電が目的地に近づくにつれ、急に不安になったように隣に座っている澄香(すみか)に言った。

「うん、大丈夫。ボクが好きになった人は、必ずママも気に入るよ」

短髪で水泳部に属す澄香は、男言葉で答えた。僕と自称する、いわゆる『ボクっ子』と呼ばれる種類の少女だ。

実際身体は大きく筋肉質だが貧乳で、スカートを穿いていなかったら誰もが男だと見間違うだろう。

（ボクが好きになった人……？）

澄香はさり気なく言ったが、志郎はその言葉が気になり、胸のときめきと同時に股間が熱くなってきてしまった。

水無月志郎は、二十歳になったばかりの大学三年生。

国語教師を目指して国文科を専攻していた。また、郷土誌サークルに所属しており、そのサークルの後輩を通じて澄香と知り合ったのだ。

磯川澄香はまだ十八歳の一年生で、この春まではアメリカに住んでいたらしい。

そして商社マンの父親をアメリカに置いて、澄香は母親と一緒に帰国してきた。

水泳部に入った澄香は、その恵まれた体軀を生かしてたちまち頭角を現したようで、アメリカでもずっと水泳をしていたらしい。

だから志郎も、まだ数回しか澄香と会っていないので、好きになったと言われてもピンとこず、戸惑いと同時に初めて彼女が出来るかも知れないという期待に胸と股間が脹らんでしまった。

何しろ、二十歳になっても志郎はまだファーストキスも知らない童貞で、もっぱらネットのエロ画像で日に二回も三回も抜いているだけの男なのである。

家は近くで、大学も藤沢市内にあった。

「これがボクのママだよ」

澄香が言い、写メを出して見せてくれた。

見ると、清楚な美熟女がバストアップで写っている。名は奈美子（なみこ）で、三十九歳とのこと、しかも娘とは違って巨乳ではないか。

「綺麗な人だね……」

「そうだろう。ボクの自慢のママだよ。志郎さんの写メもママに見せたら、一目で気に入ったって」

「本当？　力仕事なら、もっと逞（たくま）しい男の方が良いだろうに」

「ううん、体育会系のマッチョとか、軽そうな男は嫌いだから、志郎さんの真面目で大人しそうなところが良いんだって」

澄香が言う。その奈美子が澄香とともにアメリカから湘南に戻って、この夏から海辺で民宿を開くらしく、その準備に志郎が呼ばれたのだった。

やがて江ノ電は江ノ島駅を過ぎ、藤沢市と鎌倉市の境にある腰越（こしごえ）駅に着くと、二人は降り、澄香の案内で志郎は坂道を上った。

丘の頂上まで行くと潮風が心地よく、眼下には海が広がり、江ノ島と遙か彼方（かなた）に富士山も見えた。

まだ六月だが、すでに海岸には多くの人たちがいて海の家の準備も始まっていた。

「ここだよ」

澄香が言い、見ると準備中だが『うしお荘』という看板が掛かり、中で何人かの仲間が片付けと掃除をしていた。

中に入ると、志郎のサークルの後輩である一年生、もう十九歳になった眼鏡っ子の安藤亜弥（あんどうあや）も来て働いていた。彼女が、志郎を澄香に引き合わせてくれたのだ。

もう一人は水泳部の四年生で、すでに引退している二十一歳の麻生華也子（あそうかやこ）だ。面識はないが、数々の大会で好成績を残していたので志郎も名と顔は知っていた。

志郎は華也子にも挨拶し、澄香と一緒に奥にいる奈美子の部屋に行った。

廊下を進みながら左右を見ると、階下は広いリビング兼食堂に大浴場、あとは管理者の部屋で、二階に二人用の客室が四つとトイレがある。

奈美子と澄香の母娘の部屋は、民宿と中で繋（つな）がっている別棟にあるようだ。庭もあり、相当に広い敷地だったが、買い取ったものか、奈美子の親族の持ち物かは分からない。

「ママ、ただいま。志郎さんを連れて来たわ」

澄香が、その別棟に入って声をかけ、襖（ふすま）を開けた。

すると意外にも、奈美子は髪をアップにした浴衣(ゆかた)姿であった。

「初めまして、水無月です」

「磯川です。お手伝いよろしくお願いします。澄香はみんなの方へ戻って」

志郎が挨拶すると、輝くように美しい奈美子が笑顔で言い、言われた澄香は部屋を出て静かに襖を閉めた。

六畳の和室で、案外古風な箪笥(たんす)や鏡台があり、アメリカでの暮らしが長かった分、帰国したら和風を多く取り入れているのかも知れない。

座卓を挟んで差し向かいに座ると、奈美子が熱っぽい眼差(まなざ)しでしみじみと志郎を見つめ、彼はその視線と美貌が眩(まぶ)しくて俯(うつむ)きがちになってしまった。

「ごめんなさい、つい」

奈美子が言い、ようやく熱い視線を外してくれた。そして三脚にセットされたＤＶＤカメラとテレビを指して言った。

「アメリカの夫にビデオレターを送る約束なのだけど、扱い方が分からなくて」

「あ、そういうことなら出来ますので」

力仕事でなくてほっとし、志郎はテレビににじり寄った。この程度のものなら志郎でも難なく出来る。

そして手際よく配線を接続していると、その間、奈美子は中座してお茶を淹れて戻ってきた。

「繋いだので、試してみますね」

志郎は言い、カメラとテレビ、さらに設置されているＤＶＤデッキのスイッチを入れた。

恐らく奈美子は、自分を撮りながらアメリカの夫に語りかけ、同時に画面で確認をし、それをＤＶＤに録画してアメリカへ送るのだろう。

やがて入力を切り替えると、カメラが向いている室内の風景が画面に映し出され、それを奈美子に向けた。

「これで、もう録画できます。始めるときは、このスイッチを押して下さい」

「ええ、デッキの方の扱いは分かりますので」

彼が機器の説明をすると、奈美子も身を寄せて一緒に確認をして答えた。

近くに寄ると生ぬるく甘い匂いが漂い、それにほんのりと吐息が感じられ、白粉のような甘い匂いが悩ましく鼻腔を刺激した。

思わず勃起しながら説明を終えると、ようやく彼女も身を離したので、志郎はお茶をすすって喉を潤した。

「じゃ、やってみるので、また分からなかったら来て頂きますね」

「はい、では皆を手伝ってきますので」

言われて、志郎は頭を下げて部屋を出た。どうやら奈美子は、すぐにもビデオレターを撮りはじめるらしい。

美熟女と二人きりで緊張し、民宿の建物に戻りながら志郎はほっとしたものの、何となくもっと奈美子と一緒にいたかった気持ちにもなった。

若い澄香や亜弥、颯爽たる華也子も魅力だが、やはり無垢な身の自分としては、最初は奈美子のような熟れた美女に手ほどきを受けるのを理想と思っていたのだ。

民宿の方に戻ると、三人は甲斐甲斐しくリビングを片付けていた。

もう二階の客室の掃除は、志郎と澄香が来る前に終えていたらしい。

三人の女子大生が働いていると、混じり合った汗の匂いが甘ったるく鼻腔を刺激してきた。

三人は同性だから匂いも気にならないのかも知れないが、彼はその匂いで治まりかけたペニスがまたヒクヒクと脈打ってしまった。

やがて掃除を終えると、大浴場の手前にある洗面所で手を洗った。

「じゃ、私たちは大学に戻るわ。部活のミーティングがあるので」

澄香が言い、華也子と一緒に出ていった。すでに奈美子には伝えてあるらしい。

今日は水泳部の練習はないようだが、集まりがあるのだろう。

「じゃ、僕たちも帰るか。もうビデオレターの録画も終わっただろうから」

志郎は亜弥に言い、一緒に奥へ帰りの挨拶をしに向かった。

二級下の亜弥は高校時代からの後輩で、互いに文芸部だった。

だから志郎は、可憐な眼鏡っ子の亜弥の面影で、高校時代から妄想オナニーのお世話になっていたのである。

彼女も、志郎を嫌いではないようだが、互いに消極的なため何の発展もなかった。

もっとも志郎が高校を出るとき、まだ亜弥は一年生で幼かったのだ。

それが同じ地元の大学に入り、新入生の亜弥はすぐに彼の所属する郷土誌サークルに入ってきたのだった。

そして澄香と亜弥はクラスが同じで、文化系と体育会系だが、やけに気が合って仲良しになったらしい。

志郎は亜弥と二人、廊下を出て住居の方に入った。すると、奥にある奈美子の部屋の襖が少し開いていた。

そして中から妖(あや)しい声が聞こえてきたのである。

まだ収録中なら邪魔してはいけないと思い、そっと覗いてみると、何と奈美子が浴衣の胸元をはだけ、白い巨乳をはみ出させながら、レンズに向かって仰向けになり大股開きになっていたのだった。

「ねえ、奥まで見て……、こんなに濡れているのよ……」

奈美子が熱く喘ぎながら言い、指で割れ目をいじり、クチュクチュと湿った音までさせているではないか。

もう片方の手は巨乳を揉みしだき、室内の熱気が襖の隙間から廊下にまで生ぬるく洩れ漂っているようだった。

2

（す、すごい……！）

あの上品な美熟女が、あられもない姿でオナニーをし、しかも克明に録画している光景に、志郎は思わず硬直して見入ってしまった。

そして亜弥も驚きながら、彼の背後からピッタリと身を寄せて室内を見つめていた。

しかも、しゃがみ込んで覗き見ている志郎に負ぶさるように亜弥が背後から密着しているから、肩越しに彼女の吐き出す湿り気ある甘酸っぱい息が、悩ましく鼻腔を刺激してきた。

志郎は中の光景と、密着するメガネ美少女の温もり、吐息の匂いに痛いほど股間を突っ張らせてしまった。

アメリカにいる夫に強烈なＤＶＤを送り、浮気防止をしようというのか、それとも愛妻家の夫からの強い要望だったのか、奈美子は激しく喘ぎながら自ら乳首と割れ目をいじって身悶えていた。

ここから割れ目は直には見えないが、正面にある画面にはアップになった割れ目が映し出され、ピンクの柔肉は大量の愛液にヌメヌメと潤っていた。

奈美子は絶頂が近いようで夢中になっているため、覗かれていることには気づいていないのだろう。

とにかく、ここは立ち去るべきだと思い、亜弥に頷きかけ、そろそろと足音を忍ばせて民宿のほうへ引き返していった。

民宿のリビングに戻ると、まだ亜弥も興奮覚めやらぬように肩で息をし、産毛の輝く水蜜桃のような頬も熱っぽく上気していた。

化粧気のないぷっくりした唇も僅かに開き、白い歯並びを覗かせて熱い呼吸が繰り返されている。

「み、見なかったことにしようね」

囁(ささや)くように言うと、亜弥も素直にこっくりした。

その衝撃を受けた眼差しがあまりに可憐で、志郎は身も心もぼうっとなったまま、吸い寄せられるように亜弥に顔を寄せてしまった。

彼女も、夢でも見ているように朦朧(もうろう)として拒まず、唇が触れ合うと柔らかな感触と唾液の湿り気が伝わってきた。

メガネのフレームが頬に触れ、志郎は二十歳にしてようやくファーストキスをした感激と興奮を味わった。

亜弥は、レンズの奥で長い睫毛(まつげ)を伏せてじっとしていた。

彼女の鼻から漏(も)れる息が彼の鼻腔に生温かく籠(こ)もったが、口から吐き出される息ほど匂いは感じられなかった。

そろそろと唇の間に舌を挿(さ)し入れると、滑(なめ)らかな歯並びに触れた。

舌先で歯並びを左右に舐(な)めると、亜弥の歯も怖(お)ず怖(お)ずと開かれていき、侵入することが出来た。

舌を触れ合わせて舐め回すと、何とも生温かな唾液のヌメリが滑らかで心地よく、次第に彼女もチロチロと蠢（うごめ）かせてくれた。

熱い息を混じらせながら舌をからめ、彼がギュッと抱きすくめると、

「ああ、もうダメ……」

亜弥が口を離してか細く言った。熱い吐息に甘酸っぱく鼻腔を刺激され、志郎もようやく我に返って身を離した。

考えてみれば、初めて来た人の家なのである。

すると、亜弥が言った。

「これから、うちに来て……」

「うん、行く」

志郎も即答し、激しい勃起が治まらなかった。

とにかく興奮と呼吸を整えていると、奥から静かな足音が聞こえ、きっちり浴衣を着直した奈美子が出てきた。

「あら、澄香と華也子さんは帰ったのかしら」

奈美子が、何事もなかった表情で落ち着いて言った。

「ええ、さっき帰りました。僕たちもそろそろ失礼しますので」

モジモジと俯き加減になっている亜弥とは違い、何とか成人している志郎は何事も

ない口調で答え、平静を装った。

「まあ、すっかり綺麗になったわ。どうもお疲れ様でした。水無月さんは、明日もお願いできるかしら。バイト代はその時に」

「分かりました。ではこれで」

志郎は答え、亜弥と一緒に辞儀をして民宿を出た。亜弥のバイト料は、華也子と一緒に前払いでもらっているらしい。

坂道を下り、少し歩いた商店街の裏に亜弥の家がある。最寄り駅が同じだから、澄香ともすぐ仲良くなったのかも知れない。

家は割りに大きな一軒家で、亜弥は鍵を出してドアを開けた。彼女も志郎と同じ一人っ子で、父親は銀行員。どうやら母親も不在のようだった。

上がり込むと、亜弥はドアを閉めて内側からロックした。

そして彼女が先に階段を上がり、二階の自室に案内してくれた。スカートからこぼれるナマ脚がムチムチと健康的な張りを見せ、彼は裾の巻き起こす生ぬるい風を吸い込みながら二階に行った。

部屋は八畳ほどの洋間で、ベッドと学習机、本棚がある。

エアコンを点けなくても、窓を開けると心地よい風が入ってきた。

「またキスしていい？」

志郎は逸る気持ちを抑えつつ、激しく勃起しながら言った。

とうとう念願の初体験まで出来そうだ。

亜弥も無垢だろうからリードしなくてはいけないが、何度となくＤＶＤやネットを見てきたから大丈夫だろう。むしろ処女が相手だから下手でも気づかれず、戸惑わなければ問題はない。

彼女も緊張して返事はしなかったが、ベッドの端に座ったので志郎も並んで腰掛けた。そして抱き寄せながら再び唇を重ね、ブラウスの胸に手を当てると、柔らかな膨らみを優しく揉んだ。

「ま、待って……」

すると亜弥が、舌を味わう前に身を離した。

「どうしたの。ダメ？」

「そうじゃなく、カーテンを……」

訊くと亜弥は窓のカーテンを二重に引いた。薄暗くなったが、それでも昼間なので初夏の陽射しがあり、充分に観察できるだろう。

「じゃ、脱いじゃおうか」

志郎も緊張に声を震わせながら亜弥のブラウスのボタンに手をかけると、すぐに彼女は自分で外しはじめた。

やはり家に招いた以上、最後までする覚悟を決めたようだった。

脱いでゆく彼女を見ながら、志郎も手早く服を脱ぎ去り、羞恥を堪(こら)えながら最後の一枚を脱いで先にベッドに横たわった。

枕には、十九歳になったばかりの処女の匂いが沁み付き、汗や髪や涎(よだれ)などの混じっているであろう成分を鼻腔で吸収した。その悩ましい刺激が、胸から激しく股間に伝わってきた。

亜弥もブラを外してソックスを脱ぎ、とうとう最後の一枚を脱ぎ去ってから素早く添い寝してきた。そしてメガネを外して枕元にコトリと置いた。もちろん素顔も何度か見てきたが、実に愛くるしい美少女である。

もう十九歳の女子大生だが、何しろまだ無垢だろうし、澄香よりずっと幼い雰囲気のため、美少女という表現が一番しっくりする。

志郎は彼女を仰向けにさせ、白く柔らかな乳房に迫った。

張りのある膨らみは案外豊かで、乳首と乳輪は初々(ういうい)しく清らかな桜色をしていた。

屈み込んでチュッと乳首に吸い付き、舌で転がしながら顔中を膨らみに押し付けると、まだ硬い張りと弾力が感じられた。

「あう……」

舐め回すと亜弥が呻き、ビクリと反応した。感じるというより、まだくすぐったい感覚と羞恥が強いのだろう。

あまり強く吸うと痛そうなのでソフトに舌を這わせると、胸元や腋から生ぬるく甘ったるい汗の匂いが漂ってきた。今日は手伝いで動き回っていたから、全身が程よく汗ばんでいるのだ。

志郎は左右の乳首を交互に含んで舐め回し、さらに彼女の腕を差し上げて腋の下にも鼻を埋め込んだ。そこは生ぬるくジットリと湿り、何とも甘ったるい汗の匂いが濃厚に籠もっていた。

胸いっぱいに美少女の体臭を吸い込み、舌を這わせると、

「ああ、ダメ、くすぐったいわ……」

亜弥が喘ぎ、むずがるようにクネクネと悶えた。

ようやく腋から離れると、彼は脇腹を舐め降り、白い腹の真ん中に移動して愛らしい縦長の臍を舐めた。

張りのある下腹に顔中を押し付けると、心地よい弾力が伝わってきた。

まだ股間には向かわず、志郎は腰からムッチリした太腿へと舌でたどった。

早く見たり舐めたりしたいが、肝心な部分に行くとすぐに挿入したくなり、あっという間に終わってしまうだろう。

せっかくの美少女なのだから、隅々まで味わおうと思い、彼はスラリとした脚を舐め降りていった。

3

志郎が足裏を舐めると、亜弥が激しく身をよじって言った。

「アア……、ダメよ、汚いのに……」

構わず縮こまった指の間に鼻を割り込ませて嗅ぐと、そこは汗と脂に湿り、蒸れた匂いが濃く沁み付いていた。

(ああ、美少女の足の匂い……)

志郎は感激と興奮に包まれながら匂いを貪り、爪先にしゃぶり付いて全ての指の股に舌を潜り込ませて味わった。

「あう……！」

亜弥が呻き、唾液に濡れた足指でキュッと彼の舌先を挟み付けてきた。

志郎は両足とも、味と匂いが消え去るほど貪り尽くすと、いよいよ大股開きにさせ脚の内側を舐め上げていった。

白く滑らかな内腿をたどって股間に迫ると、熱気と湿り気が生ぬるく顔中を包み込んできた。

見ると、ぷっくりした神聖な丘には楚々とした若草が恥ずかしげに煙り、丸みを帯びた割れ目からは僅かにピンクの花びらがはみ出していた。

(とうとうここまで辿(たど)り着いたんだ……)

志郎は興奮に目を凝らし、そっと指を当てて陰唇を左右に広げてみた。

中は綺麗なピンクの柔肉で、全体がヌラヌラと清らかな蜜に潤っていた。

無垢な膣口(ちつこう)が花弁状に襞(ひだ)を入り組ませて息づき、小さな尿道口もはっきり確認できた。そして包皮の下からは、小粒のクリトリスが真珠色をしてツンと突き立っているのが見えた。

ネットで何度も女性器は見てきたが、やはりナマは格別で、しかも処女だろうからそれは何とも美しく艶(なま)めかしかった。

もう堪(たま)らず、吸い寄せられるように顔を埋め込み、柔らかな恥毛に鼻を擦り付けて嗅いだ。隅々には生ぬるく蒸れた汗とオシッコの匂いが籠もり、悩ましく鼻腔を刺激してきた。

舌を挿し入れると、ヌメリは淡い酸味を含み、彼は膣口の襞をクチュクチュ舐め回し、味と匂いを堪能しながらゆっくりクリトリスまで舐め上げていった。

「アアッ……！」

熱く喘いだ亜弥がビクッと顔を仰け反らせ、内腿でムッチリときつく彼の両頬を挟み付けてきた。

志郎は腰を抱え込んで押さえ、溢れる蜜をすすってクリトリスを舐め、美少女の匂いで心ゆくまで胸を満たした。さらに彼女の両脚を浮かせ、オシメでも替えるような格好にさせると、大きな水蜜桃のような尻に迫った。

谷間の奥には、薄桃色の蕾がひっそりと閉じられ、可憐な襞を震わせていた。

処女の割れ目も魅惑的だったが、なぜ排泄器官の末端がこんなにも美しいのか不思議なぐらいだった。

蕾に鼻を埋め込むと、顔中に弾力ある双丘が密着し、蒸れた匂いが秘めやかに鼻腔をくすぐってきた。

チロチロと舌を這わせて襞を濡らし、ヌルッと潜り込ませると、

「あう……、ダメ……」

亜弥が呻き、キュッときつく肛門で舌先を締め付けてきた。

志郎は滑らかな粘膜を探り、出し入れするように舌を蠢かせた。すると鼻先にある割れ目から、新たな蜜がトロトロと溢れてきた。

ようやく脚を下ろして再びヌメリをすすり、クリトリスに吸い付いた。

さらに指に愛液を付け、無垢な膣口にそっと潜り込ませると、指は滑らかに奥まで吸い込まれていった。

きつい感じはするが潤いが豊富だし、内壁はヒダヒダがあって、ペニスを入れたらどんなに心地よいだろうと思った。

小刻みに指の腹で内壁を擦りながら、執拗にクリトリスを舐めると、

「も、もう止めて……、変になりそう……」

亜弥が嫌々をしてか細く言った。志郎も待ちきれなくなっているので、指を引き抜いて舌を離し、身を起こして股間を進めていった。

ピンピンに勃起し、急角度にそそり立っているペニスに指をそえて下向きにさせ、先端を濡れた割れ目に擦り付けた。

充分にヌメリを与えてから位置を定めると、彼は初体験の感激と緊張の中、ゆっく

り挿入していった。

張り詰めた亀頭が無垢な膣口に潜り込むと、処女膜が丸く押し広がり、あとはヌメリに任せてヌルヌルッと滑らかに根元まで押し込むことが出来た。

「あう……！」

亜弥が眉をひそめて呻き、ビクリと全身を硬直させた。

志郎も、肉襞の摩擦ときつい締め付け、熱いほどの温もりと潤いを感じながら股間を密着させ、懸命に暴発を堪えた。

（とうとう、好きだった美少女と一つに……）

志郎はそう思いながらまだ動かず、温もりと感触を味わいながら両脚を伸ばし、ゆっくり身を重ねていった。

胸で乳房を押しつぶすと心地よい弾力が感じられ、恥毛が擦れ合い、コリコリする恥骨の感触も伝わってきた。上から唇を重ねて舌をからめ、様子を探るように小刻みに腰を突き動かしはじめると、

「ンンッ……」

亜弥が痛そうに呻き、やがて両手で彼の身体を突き放そうとしてきた。

「無理かな？」

「ええ、ごめんなさい……」

口を離して訊くと、亜弥も甘酸っぱい息を弾ませて済まなそうに答えた。

まあ初回だから無理もないだろうし、挿入の目的は果たして処女をもらい、初体験を済ませたのだからと、彼は身を起こしてそろそろと引き抜いていった。

それにコンドームも用意していなかったので、ナマの中出しは避けて正解だったのだろう。

股間を引き離して割れ目を見たが、特に激しく動いたわけでもないので出血はしていなかった。それでも陰唇が痛々しくめくれ、初体験に戦くように間から覗く膣口が息づいていた。

添い寝すると、亜弥も少し落ち着いたようだ。

彼女の手を握って股間に導くと、好奇心が湧いたようにそっと手のひらに包み込みニギニギと愛撫してくれた。

「ああ、気持ちいい……」

生まれて初めて人に触れられ、志郎は快感に喘ぎ、美少女の汗ばんだ手のひらの中でヒクヒクと幹を震わせた。

亜弥も、いったん触れると度胸が付いたように、幹を撫でて張り詰めた亀頭をいじり回してきた。

「こんな大きくて太いのが入ったのね……」

「すぐに慣れて気持ち良くなるよ」

呟く彼女に答え、志郎はまた唇を重ねて舌をからめ、生温かく清らかな唾液をすすった。さらに亜弥の開いた口に鼻を押し込み、湿り気ある濃厚な果実臭で鼻腔を満たした。

このまま美少女の甘酸っぱい口の匂いと、無邪気な指の愛撫だけで果ててしまいたいところだが、ふと亜弥が顔を離して言った。

「近くで見てもいい？」

身を起こしてきたので、志郎はあることを思いついた。

「いいよ。ね、高校時代の制服があるなら着てみて」

「あるけど……」

言われた亜弥は驚いたように答え、ベッドを降りてロッカーを開けた。そして奥にある制服を取り出してくれた。

高校を卒業して、まだ三ヶ月だから体型も変わっていないだろう。

彼女は全裸の上から濃紺のスカートを穿き、手早く白い長袖のセーラー服を着込んだ。紺色の襟と袖には三本の白線が入って、胸元で結んだスカーフは白。

志郎が枕元のメガネを渡すと亜弥も素直にかけ、たちまち彼女は高校時代の可憐な眼鏡っ子の姿に戻った。

高校時代の感覚を甦らせた志郎は、勃起したペニスをヒクヒク震わせた。

彼女が制服姿で、自分だけ全裸で股間を晒しているのが気恥ずかしいが、それも妖しい興奮となった。

すると亜弥がベッドに上り、大股開きになった彼の股間に腹這いになり、顔を寄せてきた。

「変な形……」

亜弥が熱い視線を注いで呟き、好奇心いっぱいに再び幹に指を這わせ、陰嚢を探って二つの睾丸をまさぐり、袋をつまみ上げて肛門の方まで覗き込んだ。

「ああ……」

志郎は熱い視線と息を股間に感じ、女子高生時代の亜弥に弄ばれているような錯覚の中で喘いだ。

「ね、お願い、お口で可愛がって……」

思いきって言うと、亜弥も厭わず口を寄せてきた。

まず、舌先で探るように陰嚢を舐められると、彼は妖しい快感を覚えた。オナニーでも陰嚢には触れないので、実に新鮮な感覚であった。

そして亜弥は、肉棒の裏側をゆっくり舐め上げてきた。

舌先が先端まで達すると、彼女はそっと幹に指を添え、粘液の滲(にじ)む尿道口にチロチロと舌を這わせてくれたのだった。

4

「ああ、気持ちいいよ、すごく……」

志郎は初めての体験に息を弾ませて言い、美少女の滑らかな舌の蠢きに高まった。

何しろ憧れのフェラチオを、亜弥にされているのである。

さらに亜弥は可憐な口を精一杯丸く開き、張り詰めた亀頭にしゃぶり付くと、そのままスッポリと喉の奥まで呑み込んできたのだ。

美少女の口の中は温かく、唇がキュッと幹を丸く締め付け、熱い鼻息に恥毛をくすぐられながら、彼は懸命に暴発を堪えた。

彼女は口の中でからみつけるように舌を蠢かせ、たちまちペニス全体は美少女の生温かく清らかな唾液にどっぷりと浸って震えた。

あまりの快感に、思わずズンズンと小刻みに股間を突き上げると、

「ンン……」

喉の奥を突かれた亜弥が小さく呻き、合わせて顔を上下させ、濡れた口でスポスポとリズミカルに摩擦してくれた。

恐る恐る股間を見ると、メガネ姿の可憐なセーラー服美少女が、無心にペニスをおしゃぶりしてくれているのだ。舌の蠢きと吸引摩擦以上に、その眺めが彼の興奮を高まらせた。

「ああ、い、いく……！」

もう我慢できずに口走り、たちまち志郎は大きな絶頂の快感に全身を包み込まれてしまった。同時に、熱い大量のザーメンがドクンドクンと勢いよくほとばしり、彼は美少女の清らかな口を汚す快感に満たされた。

「ク……」

喉の奥を直撃された亜弥が呻き、噎せそうになりながら反射的にキュッときつく吸い上げた。

少し歯も当たったが、かえってそれも新鮮な刺激となり、志郎は股間を突き上げな

がら心置きなく最後の一滴まで出し尽くしてしまったのだった。

グッタリと力を抜いて身を投げ出すと、亜弥も吸引と舌の動きを止めたが、やがて亀頭を含んだまま、口に溜まったザーメンをゴクリと飲み込んでくれた。

「あう……」

喉が鳴ると同時に口腔がキュッと締まり、彼は駄目押しの快感に呻いた。

（の、飲んでもらえた……）

志郎は感激に包まれ、やがて亜弥もチュパッと軽やかな音を立てて口を離した。

「生臭いわ……」

言いながら、彼女はなおも余りをしごくように手で幹をニギニギし、尿道口に脹らむ白濁の雫までペロペロと丁寧に舐め取ってくれたのだった。

「あうう、も、もういい、どうも有難う……」

志郎は降参するように呻いて腰をよじり、射精直後ですっかり過敏になったペニスをヒクヒク震わせた。

ようやく亜弥も舌を引っ込め、チロリと舌なめずりしながら股間を離れて再び添い寝してきた。

志郎は美少女に甘えるように腕枕してもらい、荒い呼吸を整えながら制服の胸に抱いてもらった。亜弥の吐き出す息を嗅ぐと、特にザーメンの生臭さは残っておらず、さっきと同じ可愛らしく甘酸っぱい果実臭がしていた。

彼は亜弥の温もりの中、かぐわしい吐息を嗅ぎながらうっとりと快感の余韻に浸り込んだのだった。

「大丈夫？」

「ええ、この次は最後まで出来ると思うわ……」

訊くと彼女が答え、後悔している様子もないので志郎も安心したものだった。

「二度目なら痛みも少ないだろうし、澄香にもらったピルを飲んでいるので」

「あ、中出し大丈夫なんだ……」

言われて、志郎は次回が楽しみになった。

おそらくピルは避妊のためというより、生理不順の解消のためなのだろう。

「澄香ちゃんは、もうアメリカで体験しているのかな」

「していないはずだわ」

「え？　そうなの？　ドライで行動力がありそうな感じだけど」

彼は、確信ありげな亜弥の言葉に驚いて言った。

「澄香のママも、何だか恐いわ。もしかして、あの母娘がアメリカから来たっていうのは嘘じゃないかと思うの。英語も出来ないようだし」

「え……？」

どうやら、亜弥は何か思うところがあるようだった。

「そんな嘘をつく必要なんかないだろうに。じゃ、どこから来たの」

「澄香の水泳を見たけど、すごい動きだったから、もしかしたら人ではないのかも」

「おいおい……」

志郎は、亜弥の胸に抱かれながら苦笑して言った。

高校時代から、亜弥は不思議で妖しい昔話が好きだったし、そうしたことにも強い興味を持っていたのだ。

「湘南の竜神伝説……」

ぽつりと、亜弥が言ったが、もちろん志郎も知っている。

大昔、湘南の深沢の沼に竜が棲(す)みついて悪事を働いていたが、海から出現した江ノ島の弁天が改心させ、夫婦になったという。

『江島縁起』に書かれている話で、改心した竜は山になり、その頭の部分が今もある龍(たつ)ノ口(くち)の由来になっているという。

弁天は洞窟で女性器、竜は当然ペニスを意味している。

「じゃ、あの母娘は竜神の化身？」

「ううん、竜ではなく人魚じゃないかと思うの」

「どうして？」

「実は入学してしばらくして、私は澄香に強くお願いされて、アソコを見せ合ったことがあるの」

「うわ……」

美少女同士が股間を見せ合うというシチュエーションに、志郎はまたすぐムクムクと回復しそうになってしまった。

澄香は男っぽいボクっ子で、亜弥は可憐な眼鏡っ子だ。

「レズ関係になったの？」

「少しだけ。それより澄香は、何度も私の前で脚を開いて、指で割れ目を広げて、普通と違うかどうか、私のと比べたいって何度も」

「それで？」

「人魚から人の形になったから、アソコが人と同じかどうか気になっていたんじゃないかしら……」

「そ、それは……」

考えすぎじゃないかと思ったが、興奮が先に立ってしまった。

「だからさっき、ママの奈美子さんの様子を覗き見たときも、自分のアソコをビデオに録画して、確認したかったんじゃないかなって思って」

「ううん、どうだろう……少なくとも、澄香ちゃんも処女だということは何となく分かったよ。それより、どんなレズ行為をしたの？」

「キスして、アソコをいじり合ったり、少し舐めたりしただけ」

「うわ、すごい……」

志郎は興奮に、とうとう激しく勃起してさっきと同じ硬さを取り戻してしまった。

とにかく、人魚の母娘が人に姿を変え、民宿を開いて人の暮らしを始めようとしているという話は置いておき、彼はもう一度射精したくなった。

普段でも、二度三度の連続オナニーをしてきたのだし、まして今はこんな美少女の生身があるのだから、一度の射精で気が済むはずもないのである。

「ね、話はあとにして、もう一回したくなっちゃった……」

胸に抱かれながら甘えるように言い、制服のスカートをめくり上げた。

「今日は、もう入れるのはダメよ」

「うん、指でいいから」

ムッチリした内腿を撫でながら言うと、亜弥も再び彼のペニスを握って動かしはじめてくれた。

「ああ、気持ちいい……、先っぽの、少し裏側を擦って……」

「ここ？　こう？」

「うん、そこすごく感じる……」

志郎は答えながら、自分も濡れた割れ目をいじり、新たに溢れてきた愛液で指の腹を濡らしてクリトリスを擦ってやった。

「ああ、いい気持ち……」

亜弥も熱く喘ぎ、志郎は高まりながら彼女の唇に鼻を擦り付け、甘酸っぱい息を嗅ぎながら高まった。

「唾を飲ませて、いっぱい……」

「出るかしら……」

せがむと、彼女も喘ぎ続けて乾き気味の口内に、懸命に唾液を溜めてから唇を重ねてくれた。

トロトロと生温かく小泡の多い唾液が口移しに注がれると、志郎はうっとりと味わってから喉を潤した。甘美な悦びが胸に広がり、次第に亜弥の指の愛撫にジワジワと絶頂が迫ってきた。

　彼女も興奮を高めているように、濡れた指でクリトリスを刺激されるたび熱く息を弾ませ、クネクネと悶えるようになっていった。

5

「ああッ、いい気持ち、そこもっと……」

　クリトリスをいじられながら、亜弥も熱く喘ぎはじめた。志郎が指を動かすたび、ピチャクチャと淫らに湿った摩擦音が聞こえてきた。

「しゃぶって……」

　志郎も高まりながら、彼女の口に自らの鼻を押し付けると、亜弥もヌラヌラと舌を這わせはじめてくれた。

　彼は、美少女の甘酸っぱい吐息と唾液の匂いに高まり、さらに顔中まで生温かな唾液でヌルヌルにまみれながら、とうとう彼女の指の愛撫で昇り詰めてしまった。

「い、いく……、気持ちいい……！」

　志郎は快感に貫かれながら口走り、ありったけの熱いザーメンを勢いよくほとばしらせた。挿入やフェラでなく、匂いと温もりを感じながら指で果てるというのも淫靡な戯れで、なかなか良いものである。

「いく……、アアーッ……！」

するとほぼ同時に亜弥も熱く喘ぎ、ガクガクと狂おしいオルガスムスの痙攣を開始したのだった。

志郎は、美少女の甘酸っぱい口の匂いに酔いしれながら、無邪気な指の愛撫で心置きなく最後の一滴まで出し尽くしていった。

「ああ、も、もういい……」

「私も……」

志郎が言うと彼女が答え、互いの股間から指を離した。

うっとりと余韻を味わってから呼吸を整え、枕元のティッシュを手に身を起こすと、幸いスカートがめくられていたので、ザーメンの全ては彼女のムッチリした白い内腿を濡らしていた。

白濁の粘液に彩られた美少女の太腿は、何とも艶めかしかった。

もう着ないとはいえ、制服のスカートを汚さなくて良かった。

志郎はティッシュで手早くペニスを拭い、彼女の内腿も拭き清めてやった。

「シャワーは？」

「いや、家で流すから」

答えると、亜弥は自分で割れ目の愛液を拭い、身を起こしてセーラー服を脱ぐと、すぐ私服を着込んだ。志郎も身繕(みづくろ)いをし、もう少し話していたかったので椅子に腰掛けた。

「澄香ちゃんの泳ぎは、そんなにすごいの？」

「ええ、ほとんど手を使わず下半身のバネだけで速く進むわ」

彼女が言う。ドルフィンキックのようなものだろう。

「それで、女同士の行為でも気持ち良かった？」

「それは、感じるところを舐め合えば二人ともいくし、恥ずかしいのもすぐ慣れてしまったから」

「そう……」

「でも、水無月さんに舐められるのはすごく恥ずかしかった。男の人とキスしたのも初めてだったし」

亜弥が言い、また志郎は回復しそうになったので話題を変えることにした。もう一回しても良いのだが、あまりにやり過ぎるのも勿体(もったい)ないし、挿入できる次回の楽しみを取っておきたかった。

「確かに、奈美子さんも妖しい雰囲気の人だったけど、人に化けた人魚の母娘というのもロマンチックな空想だね」

「西洋の人魚姫みたいなメルヘンじゃなく、日本の人魚はあくまで妖怪だから、人を襲うことも考えられるわ。民宿の客を次々に食べちゃうとか」

「人魚が人を？」

そういえば、安部公房の『人魚伝』も人を食うし、海に棲む日本の妖怪の大部分は人を襲う話が多い。

特に『人魚伝』は、美しい人魚の涙を飲むと生命力が増大し、飼い主の男は人魚に食われても、僅かな食べ残しから翌朝には再生し、延々と毎晩食われるという話だった。

人魚の肉を食うと不老不死になるというから、体液の吸収だけでも超人化してしまうのかも知れない。

「でも、澄香ちゃんは特に変わったところもなく、普通の学生生活を送っているだろう？」

「ええ、それは人の世界が珍しいからじゃないかしら。もちろん私がそう思っているだけで、本人に問い質したことはないけれど」

亜弥が言う。この夢見がちな美少女の中で、澄香は異世界の友人という位置づけなのかも知れない。

「明日もバイトに行くなら気をつけて。私たちのバイトは今日だけなので」

「ああ、大丈夫」

言われて立ち上がり、志郎は帰ることにした。

階段を下りると亜弥も玄関まで見送りに来てくれ、もう一度だけ唇を求めると彼女も拒まなかった。

唇を重ね、可愛らしく甘酸っぱい息を嗅ぎながら、生温かな唾液に濡れた舌を舐めると、またムクムクと勃起してきてしまったので、すぐに離れた。

「私の唾の匂いがするわ。帰ったら洗って」

亜弥が恥ずかしげに言う。さんざん鼻を舐めてもらったから、まだ残り香があるのだろう。

「じゃまたサークルで」

志郎はそう言って彼女の家を出た。

腰越駅まで歩いて江ノ電に乗り、鼻腔に残る美少女の匂いを感じながら藤沢に出ると、歩いて自宅のマンションに帰った。

父親は電機会社のサラリーマンで、母親はパート。3LDKの住まいで、六畳の洋間が志郎の部屋だ。

ベッドに学習机に本棚、あとは作り付けのクローゼットだけで、机の上にはパソコン。彼は普段着のジャージに着替えてベッドに横になり、今日の初体験を思い出して感激と快感を甦らせた。

亜弥も好意を持ってくれていたのなら、もっと早くすれば良かったと思ったが、今日は奈美子の衝撃的な大胆オナニーを一緒に覗いたから、秘密の共有により初体験にいくまで実に絶好のタイミングだったのだろう。

本当は、奈美子のような美熟女に手ほどきを受け、セックスを知ってから無垢な亜弥を相手にしたかったが、運命とは、そううまくいくものではない。

それに処女と童貞でも、何とかなったのである。

とにかく志郎が高校を出てから二年間、亜弥が高校時代に彼氏を作らず、処女を保っていたことは奇蹟のようなものだった。

（それにしても、アメリカ帰りの澄香まで無垢とは……）

志郎は思った。むしろ引っ込み思案の亜弥より、ドライな澄香にこそ初体験のお願いをしようかと思っていたぐらいだったのだ。

もっとも亜弥の空想では、澄香はアメリカ帰りなどではなく、海から人に化けて陸に上がってきた人魚ということだったが。

とにかく明日また、うしお荘に行って奈美子に会えば、何か気づくことがあるかも知れないと思った。

そうなると、今度は奈美子と何かあるのではないかと想像し、股間が痛いほど突っ張ってきてしまった。

もし良いことが待っているのなら、なおさら今日のオナニーは控えておいた方が良いだろう。志郎は気を鎮めるため階下に降り、シャワーを浴び、亜弥の残り香を惜しみつつ洗い流した。

日が暮れるとパート先から母が帰宅し、さらに夕食が出来る頃に父が帰ってきた。

親子三人で夕食をし、少しテレビを観てから志郎は自室に戻った。パソコンでメールチェックをし、SNSを一通り見て寝ることにした。

明日は午前中休講なので、奈美子には午前十時に行く約束をしていた。

興奮に寝つけないかと思ったが、間もなく彼は深い眠りに落ちていった。

翌朝八時に起きると、いつものようにすでに父親は出勤。志郎が朝食を済ませると母親もマンションを出ていった。

志郎もシャワーを浴びて身綺麗にしてから外出した。藤沢から江ノ電で五つ目、腰越まで十五分足らずで着いた。

坂道を上り、うしお荘に着いて訪問を告げると、すぐ奈美子が出てきた。今日は浴衣姿ではなく、ブラウスにタイトスカートの女教師ふうだった。

「コーヒーを淹れておいたから、奥で少し待っていて下さいね。間もなく民宿で働いてもらう人が来ることになっているから、面接が済んだら行くわ」

「分かりました」

言われて、ほのかな甘い匂いを感じながら志郎は民宿エリアから奥にある母娘の私室に入っていった。

澄香は、もう大学に行っているらしい。

昨日ビデオを設置した和室に入ると、座卓にコーヒーが用意されていた。カメラと三脚は、もう部屋の隅に片付けられている。

見ると、テレビの下のＤＶＤデッキに灯(あか)りが点いていた。トレーを開けてみると、中には無記名のＤＶＤが入っている。

志郎は激しく胸を高鳴らせながらテレビ画面のスイッチを入れ、ＤＶＤを再生してみた。

間もなく映像が映し出され、浴衣姿の奈美子が現れた。

彼女は頬を上気させ、胸元をはだけて白い巨乳を露わにし、ためらいなく裾をめくって仰向けになると脚をＭ字に開いたのだった。

第二章　巨乳熟女の妖しい誘惑

1

（うわ、すごい……！）

志郎は画面に見入り、痛いほど股間が突っ張ってきてしまった。

アップで映し出される奈美子の割れ目は、無垢だった亜弥のものより熟れて迫力があり、艶めかしさも満点だった。

指でグイッと陰唇を広げているので、かつて澄香が産まれ出てきた膣口が丸見えになっていた。もっとも亜弥が想像している通りなら、人魚がどのように出産するものか見当が付かない。

そして尿道口の小穴もはっきり見え、包皮の下からは小指の先ほどもある真珠色のクリトリスがツンと突き立っていた。

さらに彼女は両脚を浮かせ、白く豊満な尻の谷間も指で広げた。

薄桃色の蕾がひっそり閉じられ、細かな襞を震わせて収縮していた。

奈美子が指の腹でクリトリスを擦るたび、ピンクの柔肉全体がヌメヌメと潤いを増していった。

志郎はあまりに艶めかしい眺めに息を弾ませ、見ているだけで暴発しそうなほど高まってしまった。

奈美子は片方の手で巨乳を揉みしだき、乳首を摘んだ。喘いで仰け反ると、アップにしていた黒髪が解け、サラリと長く流れた。

「ああ、もっと見て……、いい気持ち……」

奈美子が熱く喘ぎ、指の動きが早まった。クチュクチュと湿った音が聞こえ、丸見えになっている割れ目と肛門が妖しく息づいた。

すると、彼女の背後にある襖の隙間から、何と覗き込んでいる志郎と亜弥の顔が遠くに見えたではないか。

(うわ、僕らまで映っている……！)

志郎は驚き、思わず声を上げそうになりながら全身を凍り付かせた。

奈美子もこの画面を見たなら、二人が覗いていることを知っただろう。

衝撃を受け、それ以上見ている気がしなくなり、彼はテレビとデッキのスイッチを切った。そして冷めかけたコーヒーで喉を潤し、とにかく座って奈美子が来るのを待つことにした。

（どうしよう……）

当然、もう見られているならどうしようもない。

さっきの奈美子の態度では、特に怒っているような様子もなかったが、それは来客前だったからかも知れない。

興奮も覚め、ペニスもすっかり萎縮してしまっていた。

奈美子が来たら、すぐ謝るべきか。それとも、彼女も何事もないふうを装うのではないか。

いや、そもそも昨日で手伝いのバイトは終わっているのに、自分だけ今日呼ばれたのには何かあるのではないか。

とにかくあれこれ考えながらコーヒーを飲み干す頃、来客も帰ったらしく廊下に軽い足音が聞こえてきた。

「お待たせ」

　奈美子が入ってきて言い、彼はどんな顔をして良いか分からぬまま曖昧に頷いた。

「近所の若奥さんが来てくれることになったわ。水無月さんも空いた日にはお手伝いに来て下さいね」

「はい、それで今日は何を」

　訊くと、奈美子は押し入れを開けて布団を敷きはじめた。

「今日はバイトじゃなく、私の恥ずかしいところを見たお仕置きよ。さあ脱いで」

「え……」

「全部よ、早く」

　彼女は言いながら、自分もブラウスのボタンを外しはじめた。

「あ、あの、覗いたことは謝ります。帰ることを言いに来たのだけど、とても入るわけにいかず、そのまま引き返しただけですので」

「分かっているわ。でも今もDVDを見たでしょう」

　奈美子は穏やかに言いながらも、ブラウスとタイトスカートを脱ぎ去った。生ぬるく甘ったるい匂いが揺らめき、次第に志郎もぼうっとなりながら、モジモジと脱ぎはじめていった。

　それに彼女の言うお仕置きという言葉も、ゾクゾクする興奮をもたらしてくれた。

どうやら図らずも、年上の女性の手ほどきを受けることが出来そうだ。

奈美子はためらいなく、見る見る白い熟れ肌を露わにしてゆき、ブラを外して巨乳を出し、最後の一枚も脱ぎ去ってしまった。

志郎も全て脱いで全裸になり、敷かれた布団に横たわった。やはり枕には、美熟女の匂いが悩ましく沁み付いて鼻腔を刺激してきた。

彼女もすぐ添い寝し、腕枕して志郎を胸に抱きすくめてくれた。

「ああ、可愛い……、澄香に写メを見せられたときから、ずっと気になっていたの」

奈美子が感極まったように熱く囁いた。

特にこれといった魅力もないだろうに、あるいは奈美子の初恋の男にでも似ていたのだろうか。だから昨日の初対面の時、じっと彼に熱い視線を向けてきたのかも知れない。

志郎は甘ったるい体臭に包まれながら、目の前で豊かに息づく膨らみに目を凝らした。白い巨乳はきめ細かく、うっすらと血管が透けて見え、乳首も乳輪も綺麗な色合いをしていた。

「あの、お仕置きって……」

彼は、胸元や腋から漂う汗の匂いに噎せ返りながら恐る恐る訊いた。

「まず、好きなようにしていいわ。私が満足しなかったら、その時は本当のお仕置きをするから」

奈美子が囁き、志郎もすっかりムクムクと勃起しながら、鼻先にある乳首にチュッと吸い付いていった。

顔中を豊かで柔らかな膨らみに押し付けて感触を味わい、コリコリと硬くなった乳首を舌で転がすと、

「アア……、いい気持ち……」

彼女はうっとりと喘ぎ、仰向けの受け身体勢になって熟れ肌を投げ出してきた。

自然に志郎ものしかかる形になり、左右の乳首を交互に含んで舐め回した。

昨日処女を相手に童貞を捨てたばかりで、今日すぐ魅惑的な美熟女と出来るなど何という幸運であろう。

もっとも昨日の初体験も、切っ掛けはこの奈美子だったのだ。人魚というより、まるで弁天様が幸福をもたらしてくれるように思えた。

両の乳首を充分に味わうと、彼は奈美子の腕を差し上げ、腋の下にも迫った。

すると、そこには何とも色っぽい腋毛が煙っているではないか。志郎は激しい興奮を覚えながら、彼女の腋の下に鼻と口を押し付けていった。

鼻を埋め込み柔らかな和毛(にこげ)の感触を味わいながら嗅ぐと、生ぬるく甘ったるい汗の匂いが、ミルクのように濃厚に鼻腔を満たしてきた。

彼は何度も深呼吸して匂いを貪り、舌を這わせてから滑らかな熟れ肌を舐め降りていった。

興奮で緊張は薄れ、好きにして良いと言われたので未熟な羞恥も捨てて、積極的に愛撫を開始した。

張りと弾力ある腹部に顔を押し付け、形良い臍を舐め、下腹の感触も味わってから昨日亜弥にしたようにムッチリした太腿から脚を舐め降りていった。

腋毛は自然のままだったが、脛(すね)はスベスベで実に滑らかな舌触りだった。

亜弥の空想では、これは人魚が人間を装って化けた脚ということになろう。

足首まで下りて足裏に回り込み、踵(かかと)から土踏まずを舐め、形良く揃った足指に鼻を押し付けて嗅ぐと、そこは汗と脂に湿り気を帯び、ムレムレの匂いが濃く鼻腔を刺激してきた。

充分に胸を満たしてから爪先にしゃぶり付き、綺麗な桜色の爪を舐め、全ての指の股に舌を割り込ませて味わった。

「アア、くすぐったいわ……」

奈美子は拒まず、息を弾ませて言った。

志郎は両足ともしゃぶり、味と匂いを貪り尽くしてから、いったん顔を上げて彼女をうつ伏せにさせた。

奈美子も素直に寝返りを打ち、彼は踵からアキレス腱、脹ら脛から汗ばんだヒカガミ、量感ある太腿から豊かな尻の丸みを舐め上げていった。

まだ尻の谷間は後回しにし、双丘の表面をたどってから、尾骨のあたりを舐め、腰から滑らかな背中に舌を這わせた。

背中のブラの跡は汗の味がし、肩まで行くと黒髪に鼻を埋めて甘い匂いを嗅ぎ、さらに掻き分け、耳の裏側の蒸れた匂いも貪った。

「ああ……」

背後からの愛撫は感じるようで、奈美子は顔を伏せたまま肩をすくめて喘いだ。

やがて再び志郎は、背中を舐め降りてゆき、たまに脇腹にも寄り道してから尻に戻ってきた。

うつ伏せのまま股を開かせて真ん中に腹這い、指でムッチリと谷間を広げると、さっき画面で見た通りの薄桃色の蕾がひっそり閉じられていた。

鼻を埋めると、豊かな双丘が顔中に密着して弾力を伝えた。

蕾には蒸れた匂いが籠もり、彼は貪ってから舌を這わせ、細かな襞を濡らしてヌルッと潜り込ませ、滑らかな粘膜を探った。そこは淡く甘苦いような、微妙な味わいが感じられた。

舌を出し入れさせるように蠢かせると、豊満な尻がクネクネと悶えた。

2

「あう……、ダメよ、そんなところ舐めたら……」

奈美子が呻き、キュッときつく肛門で舌先を締め付けてきた、

志郎は充分に味わってから顔を上げ、再び彼女を仰向けにさせた。そして片方の脚をくぐり、開かれた股間に顔を迫らせた。

量感ある内腿を舐め上げ、熱気の籠もる割れ目に視線を注ぎ、指で陰唇を広げるとやはり画面で見た通りの柔肉が息づいていた。

もちろんモニターでなく直に見るのは、興奮の度合いが段違いである。

膣口がヌメヌメと濡れて息づき、無垢だった亜弥より大きめのクリトリスが妖しい光沢を放っていた。

それに何より、亜弥とは違う熟れた匂いを含んだ熱気と湿り気が籠もり、彼は吸い寄せられるように顔を埋め込んでいった。

柔らかな茂みに鼻を擦り付けて嗅ぐと、蒸れた汗とオシッコの匂いが磯の香りに似た刺激を含み、亜弥よりも濃厚に鼻腔を掻き回してきた。

志郎は胸を満たしてうっとり酔いしれながら、舌を挿し入れて濡れた柔肉を味わった。熱いヌメリは淡い酸味を含んで舌の動きを滑らかにさせ、彼は膣口からクリトリスまで舐め上げた。

「アアッ……、いい気持ち……」

奈美子が顔を仰け反らせて喘ぎ、内腿でムッチリと彼の両頬を挟み付けてきた。

そして股間に顔を埋めている髪を撫で、頬にも触れてきた。まるで本当に男の顔が股間にあるのを確かめるかのようだった。

志郎は執拗にクリトリスに吸い付いては溢れる愛液をすすり、指を濡れた膣口に差し入れて内壁を擦った。

「ああ、いい……、指を二本入れて……」

奈美子が膣口を締め付けながら言うので、彼は二本の指を膣内に入れ直し、さらに左手の人差し指も肛門に浅く押し込んでみた。

「アア……、すごい……！」

奈美子が、最も感じる三カ所への愛撫に声を上ずらせ、前後の穴できつく彼の指を締め付けてきた。

志郎も夢中でそれぞれの指を内部で蠢かせ、自分の未熟な愛撫で大人の女性が感じてくれることに言いようのない悦びを感じた。

「か、嚙んで……」

さらに彼女が強い刺激を求めるように口走り、大丈夫かと思いながら志郎は上の歯で包皮を剝き、そっと前歯でクリトリスを嚙んでやった。

「あう、いきそう……！」

奈美子が、粗相したように愛液を大洪水にさせて呻いた。

三カ所を愛撫しながら目を上げると、白い下腹がヒクヒクと波打ち、息づく巨乳の間から色っぽい表情で仰け反る顔が見えた。

「ダ、ダメ、堪忍……、もう止めて……！」

いきなり奈美子が身を起こし、切羽詰まった声で彼の顔を股間から追い出しにかかった。

どうやら、簡単に指と舌で果ててしまうのを惜しんだのだろう。

ようやく志郎も舌を引っ込め、前後の穴からヌルッと指を引き抜いてやった。

「あう……」

その刺激に呻き、奈美子は辛うじて絶頂を踏みとどまったようだ。

膣内にあった二本の指は、白っぽく濁った大量の愛液にまみれて淫らに湯気を立てていた。指の間は粘液が膜を張り、指の腹は湯上がりのようにふやけてシワになっていた。

肛門に入っていた指に汚れの付着はなく、爪にも曇りはなかったが秘めやかな微香が感じられた。

志郎が股間を這い出して添い寝すると、身を投げ出して荒い呼吸を繰り返していた奈美子は身を起こし、彼を大股開きにさせると真ん中に腹這いになり、股間に顔を寄せてきた。

そして今度は自分の番とばかりに、志郎の両脚を浮かせると、まず尻の谷間に舌を這わせてきたのだ。チロチロと肛門が舐められ、彼女は自分がされたようにヌルッと舌先を潜り込ませてきた。

「あう……」

志郎は、妖しい快感に呻き、キュッときつく肛門で美女の舌先を締め付けた。

何という心地よさであろう。しかも美女が、排泄する穴に舌を入れているのだ。熱い鼻息が陰嚢をくすぐり、内部では舌が蠢いている。束ねていたアップの髪が解け、サラリと彼の下半身全体を覆った。

志郎は、出がけにシャワーを浴びておいて良かったと思った。

奈美子も執拗に舌を出し入れさせ、彼は美女の舌に犯されているような気になり、勃起したペニスは内側から刺激されヒクヒクと上下した。

ようやく奈美子が舌を引き抜いて彼の脚を下ろすと、今度は陰嚢にしゃぶり付いてきた。

二つの睾丸が舌で転がされ、袋全体が生温かな唾液にまみれると、彼女は舌先でゆっくり肉棒の裏側を舐め上げた。

滑らかな舌が先端まで来ると、粘液の滲む尿道口が舐められ、張り詰めた亀頭がくわえられた。

「ああ……」

そのままモグモグと根元までスッポリと呑み込まれ、志郎は暴発を堪えて喘いだ。

先端がヌルッとした喉の奥に触れても噎せることはなく、奈美子は幹の付け根部分を口で丸く締め付けて吸い、熱い鼻息で恥毛をそよがせながらクチュクチュと舌をからみつけてきた。

「き、気持ちいい……」

志郎が快感に腰をよじると、奈美子は小刻みに顔を上下させ、濡れた口でスポスポと強烈な摩擦を開始した。

たちまちペニス全体は美女の生温かな唾液にどっぷりと浸り、締まる唇が張り出したカリ首を艶めかしく摩擦した。

「い、いきそう……」

志郎は急激に高まりながら、今度は自分が降参して口走った。

すると奈美子もスポンと口を引き離し、身を起こすとそのまま前進して彼の股間に跨(また)がってきた。

「いい？」

彼女が言い、自らの唾液に濡れた先端に割れ目を押し付けてくると、志郎は、いま初めて本当に童貞を捨てるような気分になった。

奈美子が息を詰め、若い男を味わうようにゆっくり腰を沈み込ませると、張り詰めた亀頭が濡れた膣口に潜り込み、あとはヌルヌルッと滑らかに根元まで嵌(は)まり込んでいった。

「アアッ……！」

奈美子がビクッと顔を仰け反らせて喘ぎ、完全に座り込んでピッタリと股間を密着させてきた。志郎の股間に豊満な尻が押し付けられ、ペニスは肉襞の摩擦と温もりに包まれた。

志郎の胸に両手を突っ張った彼女は、上体を反らせてキュッキュッと締め付け、密着した股間を擦り付けた。

そしてゆっくり身を重ねてくると、彼も両手を回して下からしがみついた。

胸に巨乳が押し付けられて心地よく弾み、彼女は恥毛を擦り合わせながら腰を動かしはじめた。

すると大量の潤いで、すぐにも滑って抜けそうになった。

「膝を立てて……」

奈美子が言うと、志郎も両膝を立てて豊かな尻を支え、下からもズンズンと突き上げはじめた。

「ああ、いい気持ちよ……」

彼女が熱く喘いで囁き、そのまま上からピッタリと唇を重ねてきた。濡れたような長い黒髪がカーテンのように左右を覆い、薄暗くなった内部にかぐわしく熱い息が籠もった。

柔らかな唇が密着すると、ヌルリと長い舌が侵入してきた。志郎も歯を開いて受け入れ、チロチロとからみつけながら生温かな唾液のヌメリを味わった。

「ンン……」

奈美子は熱く鼻を鳴らして腰を遣い、彼の突き上げに合わせて滑らかな動きをリズミカルに一致させていった。クチュクチュと湿った摩擦音が響き、溢れた愛液が彼の肛門の方にまで生温かく伝い流れた。

「アア、いきそう……」

奈美子が収縮を強め、口を離して喘いだ。淫らに唾液の糸が引き、口から吐き出される息は熱く湿り気を含み、白粉のような甘い刺激を含んで悩ましく彼の鼻腔を刺激してきた。

志郎も絶頂を迫らせ、もう腰の突き上げが止まらなくなっていた。

「つ、唾を垂らして……」

昇り詰める前に、志郎は願望を口にした。すると奈美子も厭わず、口にたっぷりと唾液を溜めて形良い唇をすぼめて迫り、白っぽく小泡の多い唾液をトロトロと吐き出してくれたのだ。

それを舌に受けて味わい、うっとりと喉を潤した。

「顔中もヌルヌルにして……」

さらにせがむと、奈美子も長い舌を彼の鼻の穴や頬に這わせてくれた。

甘い刺激を含む息の匂いと生温かな唾液で顔中がヌラヌラとまみれ、もう堪らずに彼は昇り詰めてしまった。

「い、いく……！」

大きな絶頂の快感に貫かれて口走り、彼は熱い大量のザーメンをドクンドクンと勢いよくほとばしらせた。

3

「あ、熱いわ、いく……、アアーッ……！」

奥深い部分に噴出を受けた途端、奈美子もオルガスムスのスイッチが入ったように声を上げ、ガクガクと狂おしい痙攣を開始した。大人の女性の絶頂は何とも凄まじく、圧倒される思いだった。

同時に収縮が活発になり、吸い付くような感触に志郎も駄目押しの快感を得て、心置きなく最後の一滴まで出し尽くしていった。

可憐な亜弥への口内発射も大きな快感だったが、やはり男女がこうして一つになり、ともに快楽を分かち合うことが最高なのだと実感した。

「ああ、良かった、すごく……」

彼がグッタリと身を投げ出すと、奈美子も満足げに声を洩らして熟れ肌の強ばりを解き、遠慮なく体重を預けてきた。

互いに動きを止めても、まだ膣内は名残惜しげな収縮が繰り返され、刺激されるたび射精直後で過敏になったペニスがヒクヒクと中で跳ね上がった。

「ああ、まだ動いているわ……」

奈美子も感じすぎるように言い、震えを抑えつけるようにキュッときつく締め上げてきた。

志郎は熟れ肌の重みと温もりを受け止め、熱く甘い吐息を胸いっぱいに嗅ぎながらうっとりと快感の余韻を味わった。

ようやく呼吸を整えると、奈美子はそろそろと股間を引き離し、愛液とザーメンにまみれたペニスに顔を寄せ、濡れた尿道口にチロチロと舌を這わせてきた。

「あう……」

志郎はビクリと反応したが、彼女は執拗にしゃぶってヌメリを吸い取ってくれた。

「ああ、男の匂い……」

奈美子は舌を引っ込めて感極まったように言うと、ようやくゴロリと横に添い寝してきた。

「すごいわ、まだ勃っているのね」

彼女が言い、確かにペニスは萎えることなくピンピンに突き立ったままだ。

「ええ、何だかすごく力が湧いてきて……」

志郎も、ヒクヒクと幹を震わせながら答えた。昨日、亜弥としたあとも元気が湧いて、何度でも出来そうな気になったものだったが、今はさらに絶大な力が湧いてくるようだった。

「ね、せっかく勃起しているのだから、もう一度入れて……」

奈美子が仰向けになってせがみ、股を開いてきた。

志郎も身を起こして股間を進め、今度は正常位で先端を押し当て、ゆっくり挿入していった。

再びヌルヌルッと根元まで納まると、

「アアッ……！」

奈美子が熱く喘ぎ、下から両手を回して彼を抱き寄せた。

志郎は脚を伸ばして身を重ね、胸で巨乳を押しつぶしながら膣内の温もりと潤いを味わった。

すると奈美子が、熱く甘い息を弾ませながら、すぐにもズンズンと股間を突き上げはじめた。やはり四十歳を目前にした熟女ともなると、何度でも求めてくるものなのかも知れない。

志郎も合わせ、股間をぶつけるように腰を突き動かしはじめた。

中に残るザーメンで、すぐにも動きは滑らかになり、ピチャクチャと淫らな摩擦音が響きはじめた。

しかし奈美子が途中で動きを止め、自ら両脚を浮かせて抱え込んだのだ。

「ね、お尻の穴に入れてみて……」

「え？　大丈夫かな……」

「さっき、指ですごく気持ち良かったから……」

彼女が言い、志郎も興味を覚えて身を起こした。

そしてペニスを引き抜いて突き出された尻を見ると、割れ目から垂れる愛液にピンクの蕾がヌメヌメと妖しく潤っていた。

志郎は愛液に濡れた先端を、蕾に押し当て、様子を見ながら挿入していった。

張り詰めた亀頭が潜り込むと、可憐な襞が丸く押し広がって今にも裂けそうにピンと張り詰めて光沢を放った。

「あう……！」

「痛かったら止めますので」

「大丈夫、奥まで来て……」

奈美子が呻きながら言うので、志郎もズブズブと根元まで押し込んでいった。

やはり膣内とは違う摩擦快感があり、さすがに入り口はきついが、内部は思ったほど狭くなく、ベタつきもなく滑らかだった。

「いいわ、奥まで強く突いて……」

彼女が息を弾ませて言い、志郎もアナルセックス初体験の興奮に包まれながら、小刻みにズンズンと律動を開始した。

最初はきつくてぎこちなかったが、奈美子も緩急の付け方に慣れたように、すぐにも滑らかに動くことが出来た。

さらに彼女は自ら巨乳を揉みしだいて乳首をつまみ、もう片方の手では空いている割れ目をいじり、指の腹で激しくクリトリスを擦りはじめた。

「あうう……、す、すぐいきそうよ、もっと強く……！」

奈美子が声を上ずらせ、膣内と連動しているように直腸を収縮させた。

しかし彼も激しい興奮で勃起は保っているものの、射精直後だったから絶頂に到ることはなく、先に奈美子が二度目の絶頂を迎えてしまった。

「いく……、ああーッ……！」

奈美子が口走り、再びガクガクと狂おしい痙攣を繰り返した。まあアナルセックスというより、自らのクリトリスへの刺激で果てたのかも知れない。

志郎も滅多に出来ない体験に満足しながら、やがて彼女がグッタリとなると動きを止めた。

するとヌメリと締め付けでペニスが押し出され、ツルッと抜け落ちた。まるで美女に排泄されたような興奮が湧いた。

見ると一瞬丸く開いて粘膜を覗かせた肛門も、徐々につぼまって元の可憐な形状に戻っていった。

「ああ、良かったわ……。起こして、早く洗った方がいいから……」

奈美子が満足げに言って手を伸ばしてきたので、彼も握って引き起こしてやった。

そして一緒に立ち上がって支えながら部屋を出ると、彼女に案内されてバスルームへと入った。

そこは住まいの方なので、民宿にある大浴場ほど広くはない。

奈美子がシャワーの湯を出し、ボディソープを付けて甲斐甲斐しくペニスを洗ってくれた。

美熟女の前も後ろも味わったペニスは、一向に萎えることなく硬度を保ったままである。やがて彼女が湯で泡を洗い流し、

「オシッコしなさい。中も洗い流さないと」

言うので志郎は懸命に尿意を高め、勃起しながらもチョロチョロと放尿することが出来た。

出しきると彼女はもう一度湯で洗い、最後に消毒するように口を寄せ、チロッと尿道口を舐めてくれた。

その刺激に、いよいよ志郎はもう一度射精したい気分になってきた。

「ね、オシッコしてみて下さい」

彼は言って床に座り、目の前に奈美子を立たせた。そして彼女の片方の足を浮かせてバスタブのふちに乗せ、開いた股間に顔を埋めた。

まだ洗い流していないので、恥毛には悩ましい匂いが沁み付いたままだ。

「アア、いいの？　出るわよ、本当に……」

奈美子も尿意が高まったように言い、舐めると割れ目内部の柔肉が迫り出すように盛り上がり、味わいと温もりが変化した。

「あう、出ちゃう……」

彼女がそう言うと同時に、チョロチョロと熱い流れがほとばしってきた。

それを舌に受けて味わうと、味も匂いも実に淡く控えめで、飲み込んでも何の抵抗も感じられなかった。

彼は夢中で喉を鳴らしたが、勢いが増すと溢れた分が胸から腹に温かく伝い流れ、勃起したペニスを心地よく浸してきた。

「ああ……、変な気持ち……」

彼女はガクガク膝を震わせて喘ぎ、ようやく出し切るとピクンと下腹を震わせた。

志郎はポタポタ滴る雫をすすり、残り香の中で割れ目内部を舐め回した。

「も、もうダメ……」

奈美子が足を下ろして言い、力尽きたようにクタクタと座り込んでしまった。

それを支えて椅子に掛けさせ、入れ替わりに志郎はバスタブのふちに腰を下ろし、彼女の顔の前で股を開いた。

「ね、もう一度出したい……」

甘えるように言うと、

「いいわ、お口でしてあげるから飲ませて……」

彼女は答え、顔を寄せて亀頭にしゃぶり付いてくれた。

滑らかに舌をからめながら吸引し、顔全体を前後させてスポスポと強烈な摩擦を開始した。

「ああ、気持ちいい……」

志郎は快感に熱く喘ぎ、まだアナルセックスの余韻が残っているから、すぐにも高まってきた。

奈美子も彼の股間に熱い息を籠もらせながら、夢中で愛撫してくれた。

「い、いく……、アア、気持ちいい……！」

たちまち彼は絶頂を迎え、快感を口走りながら、ありったけの熱いザーメンをドクンドクンとほとばしらせてしまった。

「ク……、ンンッ……！」

喉の奥を直撃された奈美子が呻き、なおも唇を締め付けて吸ってくれた。

強い吸引により、ドクドクと脈打つリズムが無視され、何やら陰嚢から直に吸い出されているような激しい快感が湧いた。

ペニスがストローと化し、魂まで吸い取られるような初めての快感である。やはりこれは、オナニーでは得られない感覚であった。

「ああ、すごい……」

志郎は快感に身を震わせて喘ぎ、最後の一滴まで出し尽くしてしまった。

ようやく彼女も摩擦と吸引を止め、亀頭を含んだまま口に溜まったザーメンをゴクリと一息に飲み干してくれた。

「あう……」

嚥下と同時にキュッと口腔が締まり、彼は駄目押しの快感に呻いた。

やっと奈美子もスポンと口を離し、なおも両手で錐揉みするように幹をしごき、尿道口に脹らむ余りの雫まで丁寧に舐め取ってくれたのだった。

「く……、も、もういいです、有難うございました……」

志郎は過敏に反応しながら腰をよじり、感謝を込めて言った。

そして座っていたバスタブから降り、床に座って奈美子の巨乳に顔を埋めながら荒い呼吸を繰り返した。

「気持ち良かった？」

奈美子が囁き、彼は甘い吐息を嗅ぎながら余韻を嚙み締めたのだった……。

4

「今まであまり気がつかなかったのだけど、私だいぶ体質が変わったの」

亜弥が、ほんのり頰を染めながら志郎に言った。顔を赤くしているのは、快楽への期待が大きいからではないかと思った。

また彼女の部屋である。志郎は亜弥にラインで呼び出されたのだ。

志郎は奈美子との戯れの後、『うしお荘』からいったん帰宅し、もう一度シャワーを浴びてから亜弥の家に来たのである。

すでに奈美子を相手に二回射精しているが、相手が変わるとペニスはすっかり元気になっていた。

「どんなふうに？　そういえば高校時代はもっと弱々しい印象だったけど」

「そうなの。貧血も治ったし、体育の授業も全然嫌でなくなって、むしろ他の人より力も出て速く動けるようになったの」

亜弥が言う。確かに、虚弱だった高校時代とは違っているように思えた。彼はあらためて、今はすっかり健康的で肌艶の良いメガネ美少女を見た。

「いつから？」

「やっぱり澄香と会って、レズごっこで体液を吸収してからだと思うわ。何も人魚の肉を食べるまでしなくても、体液は不老不死の成分を含んでいるんじゃないかしら」

またその話か、と思ったが、実は志郎も思い当たることがあった。

亜弥との初体験でも、何度でも出来そうな精力を覚えたが、それは亜弥が澄香の体液を吸収していたから、その成分がもらえたせいではないかと思うのだ。

さらに奈美子からは唾液や愛液、オシッコまで取り入れ、先日以上に漲る力を感じているところだったから、あながち亜弥の想像は的外れではないのかも知れないと思いはじめていた。

「そう、健康的になるのは良いことだと思うよ」

「ええ、そうなのだけど、やっぱり真実が知りたいわ」

「いずれ、母娘に確認する機会がくるかも知れない。それより脱ごうか」

志郎は言い、自分から脱ぎはじめていった。もちろん奈美子としたことは、亜弥には内緒にするつもりだ。

彼女も気持ちを切り替えて、本来の目的のため手早く脱ぎはじめた。やはり昨日の行為で破瓜の痛みはあったが、舐められた快感が忘れられないのだろう。

たちまち亜弥が一糸まとわぬ姿になると、服の内に籠もっていた熱気が甘ったるい汗の匂いを含んで室内に立ち籠めた。

「あ、今日は体育があったの。急いでシャワー浴びてきてもいい？」

「もちろんダメ」

同じく全裸になった志郎は言い、彼女をベッドに仰向けにさせ、メガネだけはかけさせた。メガネをかけた顔が好きなのだ。

そして彼は亜弥の足裏に顔を押し付け、舌を這わせながら指の間に鼻を割り込ませて嗅いだ。

「あん、そんなところから……」

亜弥がビクリと脚を震わせて言ったが、拒みはしなかった。

志郎は汗と脂に湿って蒸れた指の股を嗅ぎ、匂いに激しく勃起しながら爪先にしゃぶり付いた。

「アアッ……！」

指の股に舌を挿し入れて味わうと、亜弥はくすぐったそうにクネクネと身をよじりながら喘いだ。彼は両足とも、全ての指の間の味と匂いを貪り尽くし、股を開かせて脚の内側を舐め上げていった。

　ムッチリした内腿を舐め、割れ目に迫ると発する熱気が顔中を包み込んできた。

　陰唇を指で広げて見ると、ピンクの柔肉は昨日以上に、すでにヌメヌメと大量の蜜に潤っていた。

　恥毛の丘に鼻を埋めて嗅ぐと、ムレムレの汗の匂いも昨日以上に濃厚に籠もり、それにオシッコの匂いも混じって悩ましく鼻腔を刺激してきた。

「いい匂い」

「あう……」

　嗅ぎながら思わず言うと、亜弥が羞恥に声を洩らし、キュッときつく内腿で彼の両頬を挟み付けてきた。

　舌を挿し入れると淡い酸味のヌメリが迎えてくれた。彼は処女を失ったばかりの膣口の襞をクチュクチュ掻き回し、小粒のクリトリスまでゆっくり舐め上げていった。

「アア……、いい気持ち……」

　亜弥が身を弓なりに反らせて喘ぎ、内腿に力を入れた。

　志郎は美少女の味と匂いを充分に貪ってから、亜弥の両脚を浮かせ、白く丸い尻の谷間に鼻を埋め込んでいった。

ピンクの蕾には、蒸れた汗の匂いと秘めやかな微香が悩ましく籠もっていた。

彼は顔中に密着する双丘の感触を味わいながら匂いを貪り、舌を這わせてヌルッと潜り込ませた。

「く……、ダメ……」

亜弥が呻き、モグモグと肛門で舌先を締め付けてきた。

志郎は舌を蠢かせ、滑らかな粘膜を探ってから、ようやく舌を引き離して脚を下ろしてやった。

再び割れ目に口を付け、大洪水になっている愛液をすすり、クリトリスに吸い付きながら指を膣口に潜り込ませ、小刻みに内壁を擦った。

「あうう、ダメよ、いきそう。お願い、入れて……」

亜弥がヒクヒクと下腹を波打たせ、声を上ずらせてせがんできた。

どうやら今日は、挿入で中出ししても大丈夫なようだ。

昨日は痛みで律動を拒んだものだったが、一夜にして彼女も成長しているのかも知れない。

「じゃ、入れる前に舐めて濡らしてね」

志郎は股間から這い出して仰向けになり、ピンピンに屹立(きつりつ)したペニスを指してせがんだ。

大股開きになると、身を起こした亜弥が真ん中に腹這いになったので、彼は自ら両脚を浮かせて抱え、彼女の顔に尻を突き出した。

「ここも舐めて」

言うと、亜弥も厭わずチロチロと肛門を舐めてくれた。何しろシャワーを浴びてから来たので綺麗である。

熱い鼻息が陰嚢をくすぐり、可憐な舌がヌルッと潜り込むと、

「あう、気持ちいい……」

志郎は快感に呻き、キュッと肛門で美少女の舌先を締め付けた。

亜弥も内部で舌を蠢かせてくれ、あまり長くしてもらうと申し訳ないので、彼は脚を下ろした。すると彼女も舌を引き離し、陰嚢にしゃぶり付いて二つの睾丸を転がしてくれた。

さらにせがむように幹をヒクヒクさせると、亜弥も前進してペニスの裏側を舐め上げ、先端まで来ると粘液の滲む尿道口を舐め回した。

「ああ、奥まで入れて……」

志郎が言うと、亜弥も小さな口を開いてスッポリと喉の奥まで呑み込み、温かく濡

れた口腔でペニス全体を包み込んでくれた。

彼女は幹を丸く締め付けて吸い、熱い息を股間に籠もらせながら、口の中ではクチュクチュと念入りに舌をからめてくれた。

奈美子の慣れたテクニックも良かったが、美少女のぎこちない愛撫と、たまに当たる歯の刺激も心地よかった。

やがて志郎は充分に高まり、彼女の口を引き離させた。

5

「今日は亜弥ちゃんが上になって入れてみて」

言うと彼女も身を起こして、志郎の股間に跨がってきた。

自ら陰唇を指で広げ、先端に濡れた割れ目を押し当てて息を詰めると、ゆっくり腰を沈み込ませていった。

張り詰めた亀頭が潜り込むと、あとはヌメリと重みでヌルヌルッと滑らかに根元まで呑み込まれた。

「アア……！」

亜弥が顔を仰け反らせて喘ぎ、完全に座り込んで股間を密着させてきた。

志郎も熱いほどの温もりと締め付けに包まれ、うっとりと快感を味わった。すでに今日は奈美子を相手に二回射精しているので、しばらくは暴発する恐れもない。

「自分で動いてみて。痛かったら止めていいから」

「今日は全然痛くないわ。奥が熱くていい気持ち……」

彼が言うと亜弥は答え、ゆっくり身を重ねてきた。志郎はさきほど奈美子に言われたように、僅かに両膝を立てて尻を支えてやった。

やがて彼女がぎこちなく腰を動かしはじめたので、志郎もしがみつきながら小刻みに股間を突き上げて合わせた。溢れる愛液で、たちまち動きがヌラヌラと滑らかになっていった。

そして潜り込むようにして、ピンクの乳首にチュッと吸い付いて舌で転がし、甘ったるい体臭と顔中に押し付けられる膨らみを味わった。

「アア、何だか、すごく気持ちいいわ……」

亜弥が喘ぎ、次第にリズミカルに動きはじめた。

志郎も突き上げながら左右の乳首を順々に含んで舐め回し、彼女の腋の下にも鼻を埋め込み、生ぬるく濃厚に甘ったるい汗の匂いでうっとりと胸を満たした。

さらに下から唇を迫らせると、彼女も上からピッタリと重ねてきた。

柔らかな唇が密着し、彼は舌を挿し入れてチロチロとからみ合わせ、生温かな唾液のヌメリを味わった。

亜弥もしばし舌を蠢かせていたが、

「ああッ……！」

快感が高まると唇を離し、熱く喘いで動きを速めた。

メガネ美少女の口から吐き出される息は、今日も濃厚に甘酸っぱい果実臭を含み、悩ましく鼻腔を掻き回してきた。

「唾を垂らして……」

言うと、喘いで乾いているせいか、ほんの少量クチュッと垂らしてくれた。

それを舌に受けて味わい、うっとりと喉を潤した。

「ね、顔に強くペッて唾を吐きかけて」

「そんなこと、大切な先輩に出来ないわ……」

「お願い、顔中ヌルヌルにされたい」

さらにせがむと、亜弥も快感に朦朧としながら言いなりになり、愛らしい唇に唾液を溜めて迫ると息を吸い込み、ペッと強く吐きかけてくれた。

「ああ、気持ちいい……」

志郎は生温かな粘液を鼻筋に受けてうっとりと言い、果実臭の息を嗅ぎながら突き上げを強めていった。

そのまま亜弥の口に鼻を押し込むと、彼女もヌラヌラと舌を這わせてしゃぶってくれた。彼は吐息と唾液の匂いに酔いしれ、とうとう昇り詰め、大きな快感に全身を貫かれてしまった。

「い、いく……！」

口走り、ありったけの熱いザーメンをドクンドクンと勢いよくほとばしらせた。やはり中で射精出来るのは、実に快感が大きかった。

「あ、熱いわ、いい気持ち……、アアーッ……！」

すると噴出を受け止めた亜弥が口走り、飲み込むようにキュッキュッと締め上げながら、ガクガクと狂おしい痙攣を開始したのだった。

どうやら本格的に、挿入快感でオルガスムスを体験できたらしい。

こうなると、急激な成長も亜弥の言う通り、人魚の体液の効果かと思えてくるほどであった。さらに今、奈美子の体液を吸収した志郎のザーメンを受けたのだ。

志郎は、高まる収縮の中で心ゆくまで快感を貪り、最後の一滴まで出し尽くしていった。

満足しながら徐々に動きを弱めていくと、

「アア……、すごいわ……」

亜弥も精根尽き果てたように声を洩らし、肌の強ばりを解いてグッタリともたれかかってきた。

志郎は美少女の重みと温もりを受け止め、まだ息づく膣内に刺激され、ヒクヒクと幹を過敏に震わせた。そして彼女の喘ぐ口に鼻を押し付け、甘酸っぱい吐息を胸いっぱいに嗅ぎながら、うっとりと余韻に浸り込んでいった。

「い、今のが、いくっていうこと……？」

亜弥が、息も絶えだえになって囁いた。

「うん、次はもっとすごく良くなるよ」

完全に動きを止めた志郎が答えると、亜弥もすっかり敏感になっているように、自分からそろそろと股間を引き離してゴロリと横になった。

そして互いに呼吸を整えると、志郎は身を起こし、彼女を支えながら一緒にベッドを降りた。

二人で気をつけて階段を下りると、バスルームに入ってシャワーの湯で互いの全身を洗い流した。今日はほんの少しだけ、出血が認められた。

もちろん志郎は、絶大な精力でまだ完全に萎えておらず、バスルームなので例のものを求めてしまった。

「ね、オシッコするところ見せて」

床に座って言い、彼女を目の前に立たせた。

奈美子にもさせたように、亜弥の片方の足を浮かせてバスタブのふちに乗せ、開いた股間に顔を寄せると、

「そんな、近くで見られたら出ないわ……」

彼女が文字通り尻込みして言った。

湯に濡れた恥毛に鼻を擦り付けて嗅ぐと、もう大部分の匂いは消えてしまったが、割れ目内部を舐めると新たな愛液が溢れ、淡い酸味の潤いで舌の動きがヌラヌラと滑らかになった。

さらにクリトリスにチュッと吸い付くと、

「あう、吸われると本当に出ちゃいそう……」

尿意が高まったように亜弥が息を詰めて言った。

出す気になったことに嬉々としながら吸い付いていると、内部の柔肉が妖しく蠢い

て温もりが変化した。

「ああ、ダメ……」

亜弥が言うなり、熱い流れがチョロチョロとほとばしってきた。

志郎は舌に受けて味わい、喉に流し込んだ。味も匂いも刺激は淡く、何とも清らかな流れであった。

「アア、信じられない、こんなこと……」

亜弥は朦朧としながら言い、フラつく身体を支えるように両手を彼の頭にかけ、もう止めようもなくゆるゆると放尿を続けた。勢いが増すと口から溢れた分が肌を温かく伝い、さらに悩ましい匂いが立ち昇った。

間もなく勢いが衰え、放尿が終わるとあとは温かな余りの雫がポタポタ滴るだけとなった。

それをすすり、残り香の中で割れ目内部を舐め回すと、残尿を洗い流すように大量の愛液が溢れて、たちまち淡い酸味のヌメリだけが満ちていった。

「も、もうダメ……」

亜弥が言って脚を下ろし、椅子に座り込んだ。

志郎はもう一度互いの全身をシャワーの湯で流してから、彼女を立たせて身体を拭いてやった。

再び全裸のまま二階の部屋に戻ると、彼自身は萎える暇もなく、さらなる射精を求めて幹を震わせた。

「ここ噛んで」

全裸で添い寝し、彼は自分の乳首を指して言った。亜弥も口を付け、綺麗な歯並びでキュッと乳首を噛んでくれた。

「ああ、気持ちいい。もっと強く……」

志郎は甘美な刺激に喘ぎ、亜弥もさらに力を込めてくれた。

「これ以上強く噛むとちぎれるわ……」

「痛くないよ。全然。やっぱり力を宿しているのかも……」

志郎が言うと、亜弥も試しに彼の脇腹にも渾身（こんしん）の力で歯を食い込ませてきた。

「感じる。もっと強く噛んで……」

「もう顎が痛いわ……」

亜弥は口を離して答え、唾液に濡れてクッキリと印された歯形を見つめた。

「見る見る歯形が消えていくわ……、やっぱり不老不死に近い力を持ってしまったのかしら……。今日、奈美子さんとしたのね」

勘の良い亜弥が言い、志郎も否定する余裕もなくビクリと身じろいでしまった。

「ご、ごめんよ。亜弥ちゃんがいちばん好きなのに、誘惑に負けて……」

「ううん、二人ともしたかったのなら、仕方ないわ……」

弁解してみたが、亜弥は嫉妬に怒るでもなく物分かり良く答えた。

とにかく志郎は、自身の変化に驚きながらも、どのように亜弥に射精させてもらおうか考えたのだった。

第三章　ボクっ子少女の好奇心

1

「ママは出かけているから、夕方まで帰らないよ」

澄香が、志郎を二階の自室に招いて言った。

大学の帰りで、今日は澄香も水泳部の練習は休みらしく、彼は澄香に誘われて来ていたのだ。

二階の洋間は、亜弥の部屋に良く似た感じでベッドと机、本棚があるだけだった。

「昨日、ママとエッチしたでしょう」

妖しい期待に勃起しはじめた志郎に、澄香が悪戯(いたずら)っぽい眼差しで唐突に言った。

「え？　まさか聞いていたの？」

語るに落ちると承知しつつ、あまりに澄香の口調が確信的なので思わず彼もそう答えてしまっていた。

「聞かなくても分かるわ」

澄香が、小悪魔のような笑みを含んで言う。

あるいは志郎が奈美子の体液を吸収し、力を宿した雰囲気を察したのではないかとも思った。いつしか彼も、母娘が人魚の化身であるという亜弥の想像を信じはじめているのかも知れない。

「それと、亜弥ともしているわね」

彼女が、何もかも見透かしたように言った。

「嫌かい?」

「ううん、嫌じゃないよ。お互いしたければすればいいと思ってるし、ボクも水無月さんとしたくて呼んだんだ」

澄香がじっと彼を見つめて言う。自分のことを僕と言い、短髪で長身、女性の服を着ていなければ男子と間違われそうなほどボーイッシュだが、スラリと長い脚が魅力的で、もちろん志郎は期待と興奮を高めた。

それに亜弥の話では、澄香も処女ということではないか。

「じゃ脱ごうか」

奈美子や亜弥との関係を知られたのは気になるが、澄香が平然としているので、彼はそう言って脱ぎはじめた。

すると澄香も手早く脱ぎ、ためらいなく最後の一枚も脱ぎ去ると、全裸でベッドに仰向けになった。

志郎が脱ぎながら見ると、乳房は豊かではないが張りがありそうで、腕も肩も逞しいがマッチョというほどではない。それより脚が魅惑的に長く、太腿と脹ら脛の筋肉は発達していた。

彼も全裸になるとベッドに上り、まずは乳房に向かって屈み込んでいった。さすがに乳首と乳輪は初々しく淡いピンク色をし、チュッと吸い付いて舌で転がすと、

「アア……、いい気持ち……」

澄香がすぐにもクネクネと身悶え、熱く喘ぎはじめた。

亜弥と戯れたことはあるようだが、やはり男に愛撫されるのは格別なのだろう。

志郎も生ぬるく立ち昇る体臭に酔いしれながら、左右の乳首を含んで舐め回し、顔中で弾力ある膨らみを味わった。

もちろん腕を差し上げ、ジットリ汗ばんだ腋の下にも鼻と口を埋め込んだ。

水泳部の練習がなくて水に浸かっていないから、腋はナマの甘ったるい匂いを濃厚に籠もらせ、悩ましく鼻腔を掻き回してきた。

「あう……」

澄香が呻き、くすぐったそうに身をよじった。

志郎は汗の匂いを貪り、引き締まった肌を舐め降りていった。

腹部も、見た目では筋肉はうかがえないが、触れてみると実に硬い張りと腹筋の段々が秘められているようだ。

股間を後回しにし、腰の曲線からムッチリした太腿に降りると、そこも硬いほどの筋肉が感じられた。

脚を舐め降り、亜弥よりずっと大きな足裏に舌を這わせ、太くしっかりした足指に鼻を埋めると、やはりムレムレの匂いが濃く沁み付いていた。

志郎は爪先にしゃぶり付き、全ての指の股に舌を割り込ませ、汗と脂の湿り気を貪った。

「ああ、変な気持ち……」

澄香が下半身をくねらせて喘いだ。

彼も両足とも味わい、いよいよ脚の内側を舐め上げて股間に迫っていった。

脚を浮かせて大股開きにさせると、濡れはじめているワレメと尻の谷間が丸見えになり、湿った熱気が漂ってきた。

やはり水着からはみ出さないよう恥毛は手入れされ、丘にほんのひとつまみほど煙っているだけだ。割れ目からは縦長のハート型に、ピンクの花びらがはみ出し、指で左右に広げると、処女の膣口が襞を入り組ませ、ヌメヌメと潤いながら妖しく息づいていた。

そして何より目を惹くのが、包皮を押し上げるようにツンと勃起している大きなクリトリスで、それは親指の先ほどもあって鈍い光沢を放っていた。

「見て……、亜弥のと違う？　変じゃない？」

彼の熱い視線と息を股間に感じながら、澄香が羞恥に声を震わせた。

やはり人に化けたためか、外から見えない部分がどうなっているか気になるのかも知れない。

「うん、普通だよ。亜弥よりクリトリスが大きいけど、すごく色っぽい」

「そう……」

股間から言うと、澄香は安心したように答えた。

そして彼は顔を埋め込み、柔らかな恥毛に鼻を擦り付けて嗅いだ。

甘ったるく濃厚に蒸れた汗の匂いに、オシッコや恥垢(ちこう)や様々な成分が混じり、全体は奈美子に似た磯の香りが感じられた。

志郎は匂いを貪りながら舌を這わせ、淡い酸味のヌメリで膣口の襞をクチュクチュ掻き回し、大きなクリトリスまでゆっくり舐め上げていった。

「アアッ……、いい気持ち……」

澄香がビクッと仰け反りながら熱く喘ぎ、逞しい内腿でキュッときつく彼の顔を挟み付けてきた。

突き立っているクリトリスは、やはり感度が良く、相当に気持ち良いようだ。

彼はチロチロと舌先で弾(はじ)くように舐め、乳首でも含むようにクリトリスを吸い、指を濡れた膣口に差し入れて小刻みに内壁を擦った。

きつい感じはするが、亜弥より楽に挿入でき、それほどの痛みもないのではないかと思えた。

「ああ、もっと強く……!」

たちまち澄香が収縮を活発にさせて喘ぎ、大量の愛液を漏らしはじめた。

志郎も指を出し入れさせるようにクチュクチュと動かし、クリトリスも強く吸って激しく舐め回した。

「あう、いきそう、ダメ、待って……」

するとと澄香が切羽詰まった声で言うなり、身を起こしてきた。

彼は舌を引っ込め、ヌルッと指を引き抜いて股間を這い出すと、入れ替わりに仰向けになっていった。

澄香もすぐ彼の股間に顔を寄せ、熱い視線を注ぎながら触れてきた。

「すごい、こんなに勃ってる……」

恐る恐る幹を撫で、張り詰めた亀頭に触れ、陰嚢まで探ってきた。

「見るの、初めて？」

「ええ、アメリカでも全く機会に恵まれなかったから。ボクもこんな大きなの欲しいな……」

澄香が、次第にペニスを大胆にいじり回しながら言い、志郎も無邪気な愛撫にヒクヒクと幹を震わせた。

やはり男言葉を使うだけあり、男の子になりたかったのかも知れない。

彼女はつまんだペニスを右に左に動かし、様々な角度から観察してから、とうとう唇を寄せ、粘液に濡れた尿道口を舐め回しはじめた。

「ああ……」

志郎が喘ぐと、澄香はチラと目を上げて彼の表情を見てから、張り詰めた亀頭をくわえてきた。

そのままスッポリと喉の奥まで呑み込み、熱い鼻息で恥毛をくすぐりながら、幹を締め付けて吸い、口の中で舌を蠢かせてきた。

「き、気持ちいい……、でもすぐいきそう……」

彼が急激に絶頂を迫らせて言うと、澄香はチュパッと口を離して陰嚢を舐め、睾丸を転がした。さらに志郎の両脚を浮かせて尻の穴を舐め回し、ヌルッと長い舌を潜り込ませてきたのだ。

「あう……」

奥まで舌に犯される思いで呻き、彼はキュッと肛門を締め付けた。

澄香は内部で舌を蠢かせ、やがて彼の前も後ろも味わってから、ようやく舌を引き抜いて顔を上げた。

「入れて……」

彼女は言いながら仰向けになったので、志郎も身を起こし、大股開きにさせて股間を進めていった。唾液に濡れた先端を割れ目に押し当て、ヌメリを与えながらゆっくり膣口に潜り込ませた。

亀頭が潜り込むと処女膜が丸く押し広がり、あとは大量の潤いに助けられヌルヌルッと滑らかに根元まで吸い込まれていった。

「アア……」

澄香が顔を仰け反らせて喘ぎ、熱く濡れた柔肉でキュッときつく締め付けてきた。

志郎が温もりと感触を味わいながら身を重ねると、彼女も下から両手を回し、がっちりと拘束されてしまった。

2

「痛くない？　動いても大丈夫かな」

「ええ……、男と一つになれて嬉しい。うんと乱暴にしても大丈夫……」

志郎が重なって囁くと、澄香が熱っぽい眼差しで見上げて答えた。

彼も様子を見ながら徐々に腰を動かしはじめると、大量のヌメリが動きを滑らかにし、すぐにもピチャクチャと湿った音が聞こえてきた。

「アア……、いい気持ち……」

澄香が熱く喘いだ。やはり亜弥より頑丈に出来ているのだろう。

動きながら上からピッタリと唇を重ねると、

「ンン……」

澄香も熱く鼻を鳴らし、自分から舌を挿し入れてきた。

志郎が触れ合った舌を舐め回し、生温かな唾液の潤いを味わうと、彼女も蠢かせてヌラヌラとからみつけた。

腰の動きがリズミカルになっていくと、澄香も股間を突き上げて合わせてきた。

「ああ、何かが押し寄せてきそう……」

澄香が口を離し、自身の変化に驚くように喘いだ。やはりクリトリス感覚の絶頂と挿入感覚は全く違うのだろう。

喘ぐ口に鼻を押し込んで熱気を嗅ぐと、シナモン臭に似た湿り気が生温かく鼻腔を満たしてきた。これが彼女の匂いなのだろう。

志郎は、同じ処女でも果実臭の亜弥とは違う刺激を貪って胸を満たし、いつしか気遣いも忘れて股間をぶつけるように激しく動きはじめていた。

熱く濡れた肉襞の摩擦と締め付けが何とも心地よく、何やら歯のない口に含まれ、舌鼓でも打たれているようだった。

セーブしようとしても腰が止まらず、そのまま彼は絶頂に達してしまった。

「い、いく……！」

快感に貫かれながら口走り、同時に志郎は熱い大量のザーメンをドクンドクンと勢いよく注入した。

「あう、感じるわ、出ているのね、いい気持ち……、ああーッ……！」

すると奥深い部分に噴出を感じた途端に澄香が声を上ずらせ、ガクガクと狂おしい痙攣と収縮を開始したのだった。

どうやら破瓜の痛みより、澄香は快感を先に感じたらしい。

中には、初回からオルガスムスに達する女性がいるのだろうが、志郎は驚きと悦びに包まれながら律動を続け、心置きなく最後の一滴まで出し尽くしてしまった。

すっかり満足しながら徐々に動きを弱め、澄香に体重を預けていくと、

「アア……」

彼女も満足げにうっとりと声を洩らし、肌の硬直を解いてグッタリと四肢を投げ出していった。

本当にオルガスムスを得た証しのように、膣内がいつまでも息づくような収縮を繰り返し、刺激された幹がヒクヒクと過敏に中で跳ね上がった。

「く……、もうダメ……」

彼女も敏感になっているように言い、嫌々をしたので志郎は身を起こし、股間を引き離して割れ目を見た。

しかし出血は認められず、彼は添い寝していった。

果て方は奈美子に似ていたが、これから澄香が母のような巨乳になるとは思えなかった。

志郎は甘えるように腕枕してもらい、澄香の吐き出す熱いシナモン臭の息を嗅ぎながら、うっとりと快感の余韻を味わった。

「痛くなかった？」

「うん……、オナニーより、亜弥に舐められるより、もっとうんと気持ち良かった」

胸に抱かれながら訊くと、澄香はまだ未知の快感に戦くように息を震わせて小さく答えた。

そして呼吸を整えると、彼女は身を起こしてペニスに顔を寄せ、愛液とザーメンにまみれた先端を嗅いだ。

「生臭い。これがザーメンの匂い……？」

澄香は言い、尿道口のヌメリに舌を這わせた。まだ彼自身は、力を漲らせてピンピンに勃起したままだった。

「あう……、も、もう……」

舌に翻弄(ほんろう)され、志郎は腰をよじって呻いた。

澄香はチロリと舌なめずりして言い、再び添い寝して初体験の余韻に浸った。

「あまり味はないね。でも、この中に生きた精子がいるんだね……」

やがて起き上がり、二人で階下のバスルームに行った。

シャワーの湯で互いの全身を洗い流すと、澄香は念願の初体験を終えて感無量のようだった。

「ね、オシッコ出る？」

志郎は、また求めてしまった。

「少しなら出るかも知れないけど、出るところ見たいの？」

「うん、ここに立って」

彼は言い、自分は床に座ったまま目の前に澄香を立たせ、股間を突き出させた。

「自分で広げて見せて」

言うと、彼女も両の人差し指を割れ目に当て、グイッと左右に陰唇を広げてピンクの割れ目を丸見えにさせてくれた。

「そんなに近くで見ると顔にかかるよ、いいの？」

澄香は言いながらも、彼が顔を寄せたままなので構わず息を詰めはじめたようだ。

割れ目内部を舐めると新たな愛液が舌の動きを滑らかにし、

「アア……」

澄香がガクガクと両膝を震わせて喘いだ。

見る見る柔肉が迫り出すと、すぐにも味わいと温もりが変化し、チョロチョロと熱い流れがほとばしってきた。

それを口に受けると、生ぬるい海水をうんと薄めたような味わいがあり、抵抗なく飲み込むことが出来た。

「あう、飲んでるの……？」

澄香が言ったが、さらに勢いを増して放尿してくれた。

志郎は味わいながら、肌を温かく伝う流れに陶然とし、立ち昇る淡い匂いに酔いしれた。

あまり溜まっていなかったか、流れはすぐに治まり、余りの雫がポタポタと滴ると舌で舐め取り、残り香を感じながら舌先で割れ目を掻き回した。

「アア……、も、もうダメ……」

感じすぎるように澄香が言って身を離し、椅子に座り込んだ。

もう一度互いにシャワーを浴び、身体を拭いてバスルームを出た。

二階の部屋に戻ると、澄香がジャージを着た。

「夕方まで海岸でトレーニングをしてくるね」

彼女が言う。熱心に、毎日足腰を鍛えているようだ。

「ね、もう一度だけ抜きたい」

「すごく勃ったままだね。でも今日はダメ。また今度ゆっくり」

澄香は、すでに気持ちがトレーニングモードに入っているように答えた。

仕方なく志郎も服を着て、一緒に外に出た。

坂道を下り、そのまま腰越海岸に出ると、梅雨空でどんより曇り、今にも雨が降り出しそうだった。そのせいか今日は観光客もおらず、海の家の準備も休みらしく人けがなかった。

「じゃ走るから、ここでね」

「うん、僕も江ノ島駅までブラブラ歩くよ」

彼が答え、澄香が走り出そうとしたとき、いきなり三人の男に声をかけられた。

「へえ、男前の彼女だな。一緒に食事行かないか」

見ると、いかにも不良といった二十歳前後の連中が、茶髪に派手な服を着て下卑(げび)た笑みを浮かべて迫ってきた。

「ナンパは早いぞ。まだ海開き前だ」

澄香が物怖じせずに答え、志郎も恐怖が湧くかと思ったが、自分でも驚くほど落ち着いているのが不思議だった。

「へえ、男言葉もカッコいいな。ああ、そこの男は消えろ」

一人が志郎に向かい、シッシッと手を振った。

「ね、やっつけて」

すると澄香が言い、志郎を前に押し出してきたのだ。

志郎も前に出て、頭の悪そうな連中に憐れみの笑みを向けた。

「やれるもんならやってみろよ」

正面の男が、いきなり殴りかかってきた。

咄嗟に、志郎はその拳を左手で摑むと僅かに捻った。

「あ……！」

男は激痛に声を洩らして硬直し、そのまま白目を剝いて昏倒してしまった。どうやら肩の骨が砕け、肘と手首の関節がねじ切れたようだ。それらの感覚が、手に取るように伝わってきたのである。

「て、てめえ、やるのか」

他の二人も、弱そうな志郎の意外な反撃に気色ばんで言い、いきなり左右から鋭い蹴りを飛ばしてきた。

それを避けて一人の脚を蹴り上げると、完全に膝が逆に折れ曲がり、

「うが……！」

やはり男は声を洩らすなり、砂に崩れていったのだった。

3

（つ、強い……）

志郎は自分でも驚いていた。格闘技の技とかではなく、単に怪力の持ち主となり、加減しないと人の骨など一撃で粉砕できるようだった。

そんな力を志郎が宿したことを知っているので、澄香は連中の前に彼を押しやったのかも知れない。

「こ、こいつ……」

残る一人は、一瞬にして仲間二人が気絶したので完全に戦意を喪失し、声と身体を

震わせていた。

「車で来たのか。こいつらを乗せて病院へ行け」

志郎が睨み付けて言うと、無傷な一人が倒れている男を抱き起こそうとしたが、腰が抜けそうになっているから全く力が入らないようだ。

「どけ」

志郎が言い、昏倒している二人の腰ベルトを握って軽々と持ち上げ、両手で二人を運びはじめた。

「うわ……」

その怪力に一人が息を呑んだが、

「車はどこ」

澄香も言い、震えている男の腕を摑んで一緒に道路へと上がった。

間もなく駐車場に着くと、男が震えながら、都内のナンバーを付けた車のドアを開けた。

志郎と澄香は、泡を吹いて唸っている二人を中に放り込んでドアを閉めた。

「東京なら地元の病院へ行け。二度とこの土地に顔を出すな。次にお前を見たら同じ目に合わせるからな」

言うと男は運転席に乗り込み、エンジンをかけて逃げるように走り去っていった。

（あの腕と脚は、もう治らないだろうな……）

連中が去るのを見ながら、志郎は思った。攻撃したときの手応え足応えで、はっきりと分かるのだった。

「すごいよ。惚れ惚れしちゃった」

車が見えなくなると、澄香が振り返り目を輝かせて言った。

「もしかして、僕の力が強くなっているのを知っていたの……」

志郎が言いかけたとき、また二人は声をかけられた。

「あら、磯川さんのお嬢さんね」

見ると、両手にスーパーの袋を抱えた主婦らしき女性だった。まだ三十前か、ぽっちゃりして整った顔立ちの巨乳若妻である。

「あ、小野さん、こんにちは」

澄香が挨拶し、志郎に紹介してくれた。

「来月から、うちの民宿で働いてもらう小野真沙江さんだよ。こちらは」

「ええ、知ってるわ。水無月さんね、よろしく」

真沙江が言う。どうやら彼のことは奈美子から聞いていたようだった。

買い物帰りらしい真沙江はほんのり汗ばみ、甘ったるい匂いを漂わせていた。

「お近くなら、僕が運びましょう」

志郎は言い、彼女の両手の荷物を持ってやった。

「うん、そうしてあげて。ボクは走ってくるからね」

澄香が言い、また砂浜へ降りると元気よく走り出していった。

「じゃ行きましょうか」

「済みません」

志郎が促すと、真沙江も恐縮しながら答え、家へと案内してくれた。

ものの十分足らずで住宅街のハイツに着き、彼女が一階のドアの鍵を開けて志郎を中に招き入れた。

「裏の大家が私の実家で、赤ちゃんも預かってもらっているんです」

真沙江が、夫は市内の中学教師をしていることなども語った。

志郎も招かれるまま上がり込み、スーパーの袋を冷蔵庫の前に置くと、彼女が甲斐甲斐しく中にしまった。

ようやく一段落すると、彼女は汗を拭き、冷たい麦茶を入れてくれた。

「磯川さんに伺った通り、素敵な男性ね」

「そ、そんなことないです」

リビングで座って麦茶を飲みながら、彼は若妻の甘い匂いに股間が熱くなってきてしまった。

何しろ澄香と二回目が出来なかったので、そのまま淫気がくすぶっているのだ。

「澄香ちゃんは彼女？」

「いいえ、とんでもない。ここ何日か手伝いに来ていただけですので」

「そう、じゃ恋人は？」

「全然いないです」

志郎は答えながら、心の片隅で亜弥に済まないと思った。しかし今は無垢を装った方が、良いことがありそうな気がしていたのである。

「じゃ自分でするだけ？　それじゃ物足りないでしょう」

真沙江が、熱っぽい眼差しで彼を見つめながら言う。

恐らく出産後は夫婦生活も疎(おろそ)かになり、夫も仕事に忙しくて、すっかり彼女は欲求を溜め込んでいるのだろう。

「私が慰めてあげてもいい？」

彼女が、ストレートに言ってきた。

「え、ええ、お願いできると嬉しいけど、赤ちゃんの方は大丈夫なんですか」

「大丈夫よ。泣き声が聞こえたらすぐ分かるし、両親も扱いに慣れているので。じゃ、こっちへ来て」

真沙江が立って、隣の寝室に彼を招いた。

すでに布団が敷かれ、隅には空のベビーベッドもあった。夫の寝室は、また別にあるようだ。

「じゃ、脱いで待っていてね。私は急いでシャワー浴びてくるけど、水無月さんはそのままでいいわ。私は若い男性の匂いが好きだから」

「あ、ボクも自然のままの匂いが好きなので、どうかそのままで」

部屋を出てゆこうとする真沙江を、彼は慌てて引き留めた。

「まあ、ゆうべお風呂に入ったきりで、今日はずっと動き回っていたのよ」

「どうか、今のままでお願いします」

「そう……、私も待てないほどなんだけど、匂いが濃くても我慢できる？」

「もちろんできます」

「じゃ脱ぎましょうね」

真沙江が言ってブラウスのボタンを外しはじめたので、志郎も安心して手早く服を脱いでいった。

先に全裸になって布団に横になると、枕にもシーツにも、若妻の濃厚に甘ったるい匂いが沁み付いていた。

「わあ、ドキドキするわ。こんな若い子初めて……」

見る見る白い肌を露わにしながら真沙江が声を震わせて言い、気が急くように最後の一枚を脱ぎ去った。

色白でぽっちゃりし、奈美子に匹敵するほどの巨乳だった。

添い寝してくると甘ったるい匂いが濃厚に漂い、見ると濃く色づいた乳首の先端にポツンと白濁の雫が滲んでいるではないか。

どうやら最初から感じていた甘い匂いは汗ばかりでなく、母乳の成分が大部分だったようだ。

初めての感覚に吸い寄せられ、志郎は顔を押し付けて乳首を含み、強く吸い付いていった。滲む雫を舐め、さらに唇で乳首を挟み付けると新鮮で生ぬるい母乳が薄甘く分泌されてきた。

彼は夢中で味わい、次第に要領を得るとどんどん滲んできて、うっとりと喉を潤すことが出来た。

「ああ、飲んでるの？　嫌じゃないのね……」

真沙江もクネクネと悶えながら喘ぎ、次第に母乳の出が悪くなると、心なしか巨乳の張りが和らいだようだ。彼はもう片方の乳首を含んで、新たな母乳を吸い出し、喉を潤して酔いしれた。

あらかた味わい尽くすと、志郎は彼女の腕を差し上げ、腋の下にも鼻を埋め込んで嗅いだ。

そこには奈美子のように、淡い腋毛が色っぽく煙っていた。夏場で剃らないとなると、やはり子育てに忙しくてケアする暇もなく、またそれだけ夫婦生活もなくなっているようだった。

志郎は生ぬるく湿った腋毛に鼻を擦り付け、母乳とは微妙に異なる甘ったるい汗の匂いで胸を満たした。

「ああ、汗臭いでしょう。そんなに嗅がないで、恥ずかしい……」

志郎が犬のように鼻を鳴らして貪ると、真沙江が身をよじって喘いだ。

そのまま彼は滑らかな白い肌を舐め降り、豊満な腰までいくと、さらにニョッキリした健康的な脚を舐め降りていった。

やはりケアしておらず脛にはまばらな体毛があり、それも野趣溢れる新鮮な魅力に感じられた。

舌を這わせて足首まで下り、足裏に回って踵と土踏まずを舐め、汗と脂に生ぬるく湿った指の間に鼻を押し付けて嗅ぐと、これまで体験した三人の女性たちより濃厚に蒸れた匂いが沁み付いていた。

充分に嗅いでから爪先をしゃぶり、順々に指の股に舌を割り込ませて味わうと、

「あう、ダメ、そんなことする人いないわよ……」

真沙江が呻き、ヒクヒクと足を震わせた。してみると過去の彼氏や現在の夫にも、爪先はしゃぶられていないようだ。

志郎は両足とも味と匂いが薄れるほど貪り尽くすと、ようやく大股開きにさせて、脚の内側を舐め上げていった。

4

「アア、恥ずかしいわ。やっぱり洗えば良かった……」

志郎が、ムッチリした内腿を舌でたどって股間に迫ると、真沙江が懸命に寝返りを打とうと腰をよじった。

それを押さえつけ、顔を迫らせて観察した。

丘に茂る恥毛は、黒々と艶があって密集し、下の方は愛液の雫を宿し、筆の穂先のようにまとまっていた。

割れ目からはみ出す陰唇も濃く色づき、指で広げると膣口は母乳に似た白濁の粘液がまつわりついていた。クリトリスは小指の先ほどで光沢を放ち、股間全体には熱気と湿り気が渦巻くように籠もっていた。

堪らずに顔を埋め込み、情熱的に濃い茂みに鼻を擦り付けて嗅ぐと、隅々にはムレムレになった汗とオシッコの匂いがたっぷりと沁み付いていた。

「いい匂い」

「あう、嘘……!」

嗅ぎながら思わず言うと、真沙江が激しい興奮と羞恥に呻き、内腿でキュッときつく彼の両頬を挟み付けてきた。

志郎は匂いを貪りながら舌を挿し入れ、淡い酸味のヌメリを掻き回し、膣口からクリトリスまでゆっくり舐め上げていった。

「アアッ……!」

彼女が身を弓なりにさせて喘ぎ、激しく内腿に力を込めた。

志郎も執拗にクリトリスを舐め回しては吸い付き、新たな愛液をすすった。

さらに真沙江の両脚を浮かせ、白く豊満な尻の谷間に迫った。

ピンクの蕾は、出産で息んだ名残か、レモンの先のように僅かに突き出た感じで艶めかしく、ぷっくりした上下左右の小さな膨らみが光沢を放っていた。

鼻を埋め込むと、蒸れた汗に混じり秘めやかな微香も生々しく籠もり、彼は充分に嗅いでから舌を這わせた。

そして弾力ある双丘に顔中を密着させながら、濡れた蕾にヌルッと舌を潜り込ませ、淡く甘苦い、滑らかな粘膜を探った。

「あう！　ダメ、そんなこと……」

真沙江が呻き、キュッと肛門で舌先を締め付けてきた。やはり足指と同じく、ここを舐められるのも初めてなのかも知れない。全く世の男たちは、なぜ女体を隅々まで味わわないのだろうかと彼は情けなく思った。

志郎が舌を出し入れさせるように動かすと、鼻先にある割れ目からは、さらにトロトロと新たな愛液が漏れてきた。

ようやく舌を引き離し、脚を下ろすと彼は再び割れ目を舐め回し、ヌメリをすすりながらクリトリスに吸い付いた。

「お、お願い、入れて……」

真沙江が声を上ずらせてせがんだ。

最初のうちは、自分が教えてあげるという勢いだったが、今はすっかり志郎の愛撫に圧倒され、朦朧となって絶頂を迫らせているようだ。

志郎も舌を引っ込めて身を起こし、股間を離れて添い寝していった。

すると心得たように真沙江も身を起こし、仰向けにさせた彼の股間に屈み込んで顔を寄せてきた。

「すごい、こんなに硬く勃って……」

彼女が目を凝らし、嬉しげに囁いて幹に触れた。

そして粘液の滲む尿道口にチロチロ舌を這わせ、そのまま丸く開いた口でスッポリと喉の奥まで呑み込んでいった。

幹を締め付けて吸い、熱い息を彼の股間に籠もらせ、クチュクチュと舌をからめて味わう。そして吸い付きながらチュパッと引き抜くと、

「何の匂いもしないわ。清潔なのね……」

物足りなげに真沙江が言った。

何しろ澄香と済んだあとシャワーを浴びたし、不良たちとの喧嘩でも汗をかかなか

ったのだ。

再び真沙江は深々と含んで舌をからめ、充分に唾液でペニスを濡らすと、また顔を上げた。

「ね、入れたいわ。中に出して構わないから……」

「ええ、跨いで上から入れて下さい」

彼女が言い、志郎は仰向けのまま答えた。

「上なんて、したことないのに……」

真沙江は言いながらも身を起こし、前進して彼の股間に跨がってきた。

本当に一般の女性というのは、ろくな愛撫や行為を経験していないのだろうと実感したものだった。

彼女は先端に濡れた割れ目を押し付け、腰を沈ませながら張り詰めた亀頭を膣口に受け入れていった。すると真沙江は力が抜けたように座り込み、ヌルヌルッと一気に股間を密着させた。

「アアッ……！」

完全に嵌まり込むと、真沙江はビクッと顔を仰け反らせて喘いだ。

志郎も若妻の温もりと心地よい感触に包まれながら、内部でヒクヒクと幹を震わせて味わった。

さきほど澄香としているが、やはり未知の力など宿していなくても、男というものは相手さえ変われば淫気がリセットし、全力で楽しむことが出来るものなのだろう。

真沙江は目を閉じ、しばし密着した股間をグリグリと擦り付け、膣内を締め付けて若いペニスを味わっていたが、やがて身を重ねてきた。

見ると、また濃く色づいた乳首に母乳の雫が浮かんでいた。

「ね、顔に搾って……」

志郎はまた母乳をせがんだ。動いたらすぐ果ててしまうので、じっとしたまま少しでも長く母乳妻の感触を味わいたいのだ。

すると真沙江も胸を突き出し、自ら乳首をつまんだ。

生ぬるい白濁の母乳がポタポタと滴り、それを舌に受けると、さらに無数の乳腺から霧状になった母乳が顔中に降りかかってきた。

志郎は甘ったるい匂いに包まれ、うっとりと酔いしれた。

「顔中ヌルヌルよ……」

真沙江が言って屈み込み、母乳に濡れた彼の頬を舐めてくれた。

志郎は顔を向けて唇を重ね、ネットリと舌をからめ、生温かな唾液に濡れたヌメリを味わった。

そしてズンズンと小刻みに股間を突き上げはじめると、

「ああ、いい気持ち……、すぐいきそうよ……」

真沙江が口を離して熱く喘いだ。若妻の吐息は湿り気を含み、花粉のような甘い刺激に、昼食の名残か淡いオニオン臭が混じり、その刺激がいかにもリアルな主婦といった感じで興奮をそそった。

「唾を垂らして」

志郎が言うと、彼女も興奮と快感にためらいなく口に唾液を溜め、クチュッと吐き出してくれた。彼は小泡の多い粘液を舌に受けて味わい、甘美な悦びに包まれながら喉を潤した。

「顔にもペッて吐きかけて」

「そんなこと……」

「お願い、強く」

せがむと、真沙江も突き上げに合わせて腰を遣い、高まりながら強くペッと吐きかけてくれた。

「ああ、気持ちいい……、綺麗な奥さんがこんなことするなんて」

「あう、言わないで……」

真沙江が声を震わせ、激しく腰を遣いはじめ、収縮を高めた。

志郎も激しく股間を突き上げ、彼女の濡れた口に顔中を擦り付け、唾液と吐息の匂いに酔いしれながら高まっていった。

「い、いっちゃう、アアーッ……！」

たちまち真沙江が声を上げ、ガクガクと狂おしい痙攣を開始し、完全にオルガスムスに達したようだ。

吸い付くような収縮の中、続いて志郎も大きな絶頂の快感に貫かれた。

「く……！」

呻きながら、熱いザーメンをドクンドクンと勢いよく注入すると、

「ヒッ、感じる……！」

奥深い部分に噴出を感じ、真沙江は駄目押しの快感に息を呑んだ。

志郎は快感に身を震わせ、心置きなく最後の一滴まで出し尽くしていった。

満足しながら突き上げを弱めていくと、

「アア……」

真沙江も声を洩らすと、肌の硬直を解いてグッタリと力を抜いて体重をかけ、遠慮

なくもたれかかってきた。

　息づく膣内でヒクヒクと過敏に幹を跳ね上げると、

「あうう、もう暴れないで……」

　真沙江も感じすぎるように呻き、キュッときつく締め上げてきた。

　志郎は若妻の重みと温もりを受け止め、甘い刺激の吐息を間近に嗅ぎながら、うっとりと快感の余韻を味わったのだった。

5

「ね、オシッコしてみて」

　バスルームで身体を流し終えると、志郎は床に座ったまま、目の前に真沙江を立たせて言った。

「見たいの？　無理よ、そんなこと」

「少しでいいから」

　彼は言い、真沙江の片方の足を浮かせてバスタブのふちに乗せ、開いた股間に顔を押し付けた。割れ目内部を舐めると、すぐにも新たな愛液が溢れ、淡い酸味のヌメリが舌の蠢きを滑らかにさせた。

「あう……、もうダメ……」

まだ余韻で朦朧としている彼女が腰をよじって呻き、ガクガクと両膝を震わせた。

なおも舐めていると中の柔肉が妖しく蠢き、

「で、出ちゃいそう、アア……」

真沙江が息を詰めて言うなり、チョロッと熱い流れがほとばしった。

「く……、離れて……」

彼女が呻き、懸命に尿道口を閉じようとしても、いったん放たれた流れは止めようもなく、次第にチョロチョロと勢いを付けた。

味も匂いもこれまでの女性たちより濃厚で、志郎は少しだけ飲み込み、あとは口に受けて溢れさせながら刺激を堪能した。

そして熱い流れで肌を濡らされていたが、間もなく流れは治まった。

「ああ、こんなことさせるなんて……」

真沙江は詰るように言ったが、新たな愛液が大洪水になっていた。

志郎は悩ましい残り香の中で舌を這わせ、余りの雫をすすった。

すると彼女は自分から足を下ろすと、クタクタと座り込んできた。それを支えて椅子に座らせ、もう一度互いの身体にシャワーの湯を浴びせた。

そして身体を拭いて全裸のまま部屋の布団に戻ると、

「何でも飲むのが好きなのね……」

添い寝しながら真沙江がとろんとした眼差しで囁いた。

彼女の手を取ってペニスに導くと、

「まあ、まだし足りないの？　こんなに硬く……」

真沙江は言いながら、柔らかな手のひらに包んでニギニギと愛撫してくれた。

志郎も彼女の開いた口に鼻を押し込み、濃厚な吐息を嗅ぎながらジワジワと高まっていった。

「ね、お口に出して。いっぱいミルク飲んでくれたから、今度は私が。それに、またセックスすると力が抜けて、お夕食の仕度が出来なくなっちゃうから」

真沙江が顔を離して言い、身を起こしてきた。

志郎が仰向けになって大股開きになると、彼女は真ん中に腹這い、まずは彼の両脚を浮かせて肛門を舐め、さらに巨乳を押し付けてきた。

唾液に濡れた肛門に、浅く乳首が潜り込むと、

「ああ、気持ちいい……」

志郎は新鮮な快感に喘ぎ、キュッと乳首を締め付けた。

いったん胸を引き離してから、再び突き出し、今度は巨乳の谷間でペニスを挟んでくれた。

両側から手で動かすと、肌の温もりと柔らかな感触が幹を心地よく刺激した。

「ああ……」

巨乳で揉みくちゃにされながら喘ぐと、真沙江が乳首をつまみ、ペニスに生温かな母乳を垂らしてきた。

そして屈み込んで亀頭にしゃぶり付き、モグモグとたぐるように喉の奥まで呑み込んでいった。

熱い息を股間に籠もらせ、内部ではチロチロと舌をからめ、すぐにも顔を上下させてスポスポと強烈な摩擦を開始した。

「い、いきそう……」

志郎も我慢することなく、迫る絶頂を受け止めながら口走った。

下からもズンズン股間を突き上げると、先端がヌルッとした喉の奥に触れ、

「ク……」

真沙江は小さく呻きながら、たっぷりと唾液を出してペニスを温かく濡らした。

顔全体を上下させるたび、クチュックチュッとリズミカルな摩擦音が聞こえ、溢れた唾液が陰嚢までぬめらせた。

「い、いく……、アアッ……！」

たちまち志郎は昇り詰め、快感に声を上げて反り返った。同時に、ありったけの熱いザーメンがドクンドクンと美人妻の喉の奥にほとばしった。

「ンン……」

噎せそうになりながら噴出を受け止め、真沙江は上気した頬をすぼめて全て吸い出してくれた。

「ああ……」

志郎は熱く喘ぎ、快感の中で最後の一滴まで絞り尽くした。

すっかり満足しながらグッタリと身を投げ出すと、彼女も吸引と摩擦を止め、深々と含んだままゴクリと飲み干してくれた。

「あう、いい……」

嚥下と同時に口腔がキュッと締まり、彼は駄目押しの快感に呻いた。

ようやく彼女も口を引き離すと、なおも余りをしごくように幹を握って動かし、尿道口に脹らむ雫まで丁寧に舐め取ってくれた。

「く……、も、もういいです、有難うございます……」

志郎はクネクネと腰をよじらせ、過敏に幹を震わせて言った。

真沙江も舌を引っ込めて股間から這い出すと、添い寝してきたので彼は腕枕してもらい、巨乳に包まれながら余韻に浸った。

「二度目なのに、いっぱい出たわね。気持ち良かった？」

真沙江が頭を撫でながら囁き、彼はこっくりしながら吐息と母乳の匂いの中で呼吸を整えた。

すると裏の方から、赤ん坊の泣き声が聞こえてきた。

「あ、そろそろ引き取りに行かないと……」

真沙江が言い、腕枕を解いて身を起こしたので志郎も手早く身繕いをした。

「じゃ、僕帰ります」

「ええ、『うしお荘』が開店したら働きにいくので、また会いましょう」

彼女が言い、二人は一緒にハイツを出た。

真沙江は裏にある別棟の母屋（おもや）に向かい、志郎はそのまま江ノ島駅まで歩き、江ノ電で藤沢まで行って帰宅した。

まだ親たちも帰っていないので二階の自室に戻り、今日も色々あったと思い出しながら、秘められた力を思った。

　そして片手の腕立て伏せをしてみると、左右いくらでも出来て疲れないのである。

（やっぱり、人魚の力なのかな……）

　志郎は思い、椅子に座ると亜弥からの電話が鳴ったのでスマホを手にした。

「あれから色々調べたのだけど、人魚じゃないみたい」

　亜弥が唐突に言ったので、気になっていた志郎も合わせて答えた。

「じゃ、やっぱり竜神の方かな？」

「その仲間だと思うわ。湘南深沢の沼にいた五頭竜（ごずりゅう）の生け贄（いにえ）となったのが、十数人の子供たちだった」

　亜弥が言う。

「その子たちの死を乗り越えるということで、子死越え、つまり腰越という地名が出来たの」

「へえ、すごいね」

「その、子を失った母親の一人が悲しみのあまり妖怪になった。濡れ女とか、磯女とか、あるいは、姑獲鳥（うぶめ）とか言われている」

　姑獲鳥は産女とも書き、鳥の妖怪の一種だから、海に棲むというよりギリシャ神話の妖鳥ハーピー（ハルピュイア）に近い感じである。

「濡れ女って、何か艶めかしいね」

「でも恐いのよ。浜を通りかかった男が、髪を洗う間赤ん坊を預かってと言われて抱くと、石のように重くなって離れなくなり、それで取り憑くとか。でも一人の男がそれを承知で抱いていると幸運がもたらされた。怪力の持ち主となって財産も増えたって話が残ってるの」

「怪力を授かる……」

志郎は呟きながらパソコンのスイッチを入れ、濡れ女の項目を出してみた。すると確かに大いなる力が与えられた男がいるという記述があった。

「濡れ女の下半身は、竜と言うよりウミヘビに近いかも。どっちにしろ人に化けたから、自分の股間がどうなっているのか気になるみたい」

亜弥の話は、結局そこへ辿り着くようだ。

「濡れ女は、元は人だから、ちゃんと夫もいたのね。もしかして水無月さん、その夫に顔が似ていたんじゃないの？」

言われて、確かに奈美子との初対面の時、彼女がじっと志郎の顔を見つめていたことを思い出した。奈美子は娘の澄香から志郎の写メを見せられたとき、すぐに気に入ったのかも知れない。

「元が人なら、自分の割れ目ぐらいどうなっていたか知っているだろうに」

「でも、大昔は鮮明な鏡なんてないし、自分では見えないから」

亜弥がそう答えて、また大学で会うのを約束して電話を切った。

(人魚じゃなく、濡れ女……)

志郎は亜弥の空想を一笑に伏したい気持ちの反面、実際に力が宿っている自分の今後に大いなる期待が湧いたのだった。

第四章　女子大生の匂う健康美

1

（なるほど、すごい泳ぎだな……）

翌日、志郎は講義のあと学内のプールへ行って、澄香の泳ぎを見てみた。

とても速いのだが、全く型にはまらない我流のドルフィン泳法だった。コーチを受けないと大会には出られないだろうから、これから一般的な水泳の型を教えていくことになるようだった。

「すごいでしょう、彼女」

声をかけられたので見ると、以前に『うしお荘』で会った水泳部の四年生、麻生華也子だった。もう引退しているので、水には浸かっていないらしい。

「あ、こんにちは。ええ、でも水の中で生き生きしているようだから、無理に型にはめなくても良いんじゃないかな」

「私もそう思うけど、やっぱり部としては大会で好成績を上げたいから」

志郎が言うと、華也子が答えた。長身の美形で、顔立ちは上品なお嬢様ふうだが、肉体は実に引き締まっていた。そして、さすがに元キャプテンだっただけあり、意志の強そうな眼力と表情をしていた。

「ちょうど会えて良かったわ。お話があるのだけど」

「ええ、構いません」

「じゃ出ましょう」

華也子に言われ、志郎は一緒にプールの観客席を出た。

そのまま大学を出て少し歩くと、すぐ華也子の住むコーポに着いた。彼女は、卒業後も助手として大学に残るらしい。

部屋に入ると、手前にキッチンがあり、奥は広いワンルームタイプだった。

ベッドと机に本棚の他は、ダンベルや腹筋台なども置かれている。部屋の中には室内トレーニングの名残か、甘ったるい汗の匂いが生ぬるく籠もっていた。

志郎は、思わず妖しい期待に股間を熱くさせてしまった。

「不思議な母娘だったわ。私は、澄香にせがまれるまま手伝いに行ったのだけど」

華也子がベッドに座り、彼に椅子をすすめながら言った。

「確かに不思議ですね。一年生の立場で、物怖じせず四年生の元キャプテンを手伝いに誘うなんて」

「ええ、雰囲気のある子だわ。それに、澄香が来てから、他の部員も急に成績を伸ばすようになったの」

華也子が言う。あるいは同じプールに入っていたものは微量ながら、澄香の体液を吸収し力を貰っているのかも知れない。

もちろん人魚だの濡れ女などという話は、華也子のような体育会系の女子に言うわけにいかなかった。

「あの澄香の力の元は、君じゃないかと思うのよ」

「え……？」

華也子の言葉に、志郎は興味を覚えた。

「先日、うしお荘に来たときの二人の雰囲気を見て、どうも澄香は君を好きみたい」

まあ澄香も志郎を手伝いに選び、彼を相手に初体験を済ませてしまったのだから、華也子の見る目も外れてはいない。

「スポーツする子は恋をすると実力が上がるのよ」

華也子が言う。

まあ亜弥ほどの洞察力はなく、体育会系女子としては精一杯の分析なのだろう。

もちろん本棚の背表紙を見ても心理学の本が多く、必ずしも華也子は単なる運動バカではない。

「でも不思議なのは、澄香のように明るくて運動が得意なのに、なぜ君のようなひ弱そうな人を選ぶのかということ」

ようやく華也子の興味が志郎に向いて、本題に入ったようだ。

「これで案外、ひ弱じゃないんですよ」

志郎は笑って言い、傍らにあったダンベルを手に軽々と何度か上下させた。

「まあ……」

「でも、これは軽すぎます」

「じゃ私と腕相撲してみる？　男子にも負けないのよ」

華也子が言い、半袖の上着を脱ぐとタンクトップ姿になった。確かに肩は逞しく、二の腕も前腕筋も発達していた。

「いいですよ。僕は右利きなので、左手でします。両手を使って構いませんので」

「言うわね。もし私が勝ったら言いなりになってもらうわ」

華也子が眼力に闘志を漲(みなぎ)らせ、カーペットに腹這いになった。

志郎も同じようにし、左手を立てて出すと、彼女も左手だけで握りしめてきた。

「いいですよ。いつでも」

志郎が言うと、華也子はじっと彼を睨みながら唇を引き締め、力を入れはじめた。

もちろん彼はびくともしない。

「え……？」

華也子は息を呑み、あまりに強すぎる手応えに力を入れ直した。

「どうぞ、両手を使って下さい。すぐ決着が付きますよ」

彼が僅かに佳也子の腕を傾けると、彼女も敵(かな)わないと悟ったらしく、フェアではないと思いつつ両手を使いはじめた。

「く……！」

それでも華也子は、鉄の塊(かたまり)でも相手にしているように呻き、脂汗を滲ませた。

水には浸かっていないが、プールサイドで一緒にトレーニングをしていたようで、肌は汗ばみ、甘ったるい匂いが濃く漂ってきた。

「何なら、肘を離していいので足も使って下さいね」

「ど、どうして……」

志郎が言うと彼女は信じられない思いで声を洩らし、肘を浮かせると片方の足まで使って押し倒そうとしてきた。

汗の匂いばかりでなく、花粉のように甘い刺激を含んだ濃厚な吐息も彼の鼻腔を掻き回してきた。

「じゃ、そろそろ決着を付けますね」

彼は言って力を込め、華也子の腕を押し倒した。

「ヒッ……」

その拍子に彼女がゴロリと回転し、それを志郎は両手で抱き留め、ふわりとベッドへと投げた。

華也子は呆然と横たわり、荒い呼吸を繰り返しながら彼を見上げていた。

「もし僕が負けたら、どんなふうに言いなりにさせたんです？」

「エ、エッチの玩具にしようと思って……」

訊くと、華也子が熱っぽい眼差しで小さく答えた。

「じゃ僕と同じ気持ちですね。脱いで下さい」

志郎は言い、手早く服を脱ぎはじめていった。

ようやく呼吸を整えると、華也子も身を起こしてタンクトップとパンツを脱いだ。

「華也子さん、彼氏は？」

「二人いたわ。高校時代と大学に入ってから。どちらも水泳部の先輩よ。でも今は別れて丸一年になるわ……」

彼女が言う。どうやら彼氏は就職で地方へ行って疎遠になり、そのまま自然消滅してしまったらしい。

それで飢えていて、澄香が好きな志郎に手を出したくなったのだろう。

やがて華也子が一糸まとわぬ姿になって横たわると、志郎も全裸になってベッドに上った。

「あ、汗をかいているけどいいの？」

「ええ、匂いが濃い方が好きなので」

彼は答え、長身の見事な肢体を見下ろした。

全裸になると、さらに肩や二の腕の逞しさが強調された。そして澄香とは違い、腹筋も段々になって浮き上がり、太腿も荒縄でもよじり合わせたように筋肉が発達していた。

これだけの身体を持ち、細腕の彼に敵わないというのはショックだったろう。

志郎は屈み込み、チュッと乳首に吸い付いて、豊かではないが形良い膨らみに顔中を押し付けながら舌で転がした。

「アア……」

華也子が熱く喘ぎ、さらに胸元や腋から濃厚に甘ったるい匂いを揺らめかせた。

やはりすでに快楽を知っているし、久々の愛撫だから感じるようだ。

志郎は左右の乳首を交互に含み、充分に舐め回してから腋の下にも鼻を埋め込んでいった。

生ぬるく甘ったるい汗の匂いが濃く鼻腔を掻き回し、彼はうっとりと酔いしれながら舌で引き締まった肌を舐め降りていった。

シックスパックの腹に舌を這わせ、臍を舐め、張りのある下腹に顔中を押し付けると、腰から太腿へ移動した。

筋肉は硬いが、表面は女らしい薄い脂肪の弾力が感じられ、スラリと長い脚を舐め降りてスベスベの脛から足首に向かった。

足裏に回り込んで大きく逞しい踵から土踏まずを舐め、太くしっかりした足指の間に鼻を押し付けて嗅ぐと、そこはやはり汗と脂にジットリ湿り、蒸れた匂いが濃く沁み付いていた。

充分に嗅いでから爪先にしゃぶり付き、そっと指先を噛んでから全ての指の股に舌先を割り込ませて味わうと、

「あう、ダメ……」

華也子が驚いたように呻き、指を縮込めて舌先を挟んだ。

やはり若妻の真沙江と同じく、付き合った彼氏はろくに愛撫もしないつまらぬ男たちだったのだろう。

志郎は両足とも、全ての指の股を舐め尽くしてから、大股開きにさせて脚の内側を舐め上げはじめた。白くムッチリした内腿をたどって股間に迫ると、顔中が割れ目から発する熱気と湿り気に包まれた。

2

「アア、恥ずかしい……」

気丈な華也子も、シャワーも浴びていない股間に迫られるのは恥ずかしいらしく、声を震わせて喘いだ。

志郎は、近々と顔を迫らせて割れ目に目を凝らした。

やはり丘の恥毛は手入れされ、ほんのひとつまみほど煙っているだけである。

割れ目からはみ出した陰唇に指を当て、そっと左右に広げると、中はヌメヌメと潤いはじめている綺麗なピンクの柔肉。

息づく膣口に小さな尿道口が見え、包皮の下からは澄香ほどではないが、大きめのクリトリスが、男の亀頭を小さくしたような形でツンと突き立っていた。

淡い茂みに鼻を埋めて嗅ぐと、甘ったるく蒸れた汗の匂いに、ほのかな残尿臭も混じって、悩ましく鼻腔を刺激してきた。

志郎は胸を満たしながら舌を挿し入れ、クチュクチュと膣口の襞を掻き回して淡い酸味を堪能し、ゆっくりとクリトリスまで舐め上げていった。

「ああッ……！」

華也子が身を弓なりに反らせて喘ぎ、内腿でキュッときつく彼の顔を挟み付けた。

チロチロと舌を這わせてクリトリスを刺激すると、さらに新たな生ぬるい愛液が、泉のようにトロトロと溢れてきた。

「い、嫌な匂いしない……？」

彼女が、息を震わせて訊いてきた。やはり年中水に浸かっているから、そうでないときの自分の匂いが気になるのだろう。

「うん、汗とオシッコの匂いが色っぽい」

「あう……」

正直に言うと、華也子が羞恥に呻いた。

舐めていると引き締まった下腹がヒクヒクと波打ち、さらに志郎は華也子の両脚を浮かせ、尻の谷間に迫った。

薄桃色の蕾が、綺麗な襞を揃えて閉じられている。

鼻を埋めて嗅ぐと、やはり蒸れた汗の匂いが悩ましく籠もっていた。

舌先でくすぐるようにチロチロと舐めて濡らし、ヌルッと潜り込ませて滑らかな粘膜を探ると、

「く……、ダメよ、そんなこと……」

華也子が呻き、肛門でキュッと舌先を締め付けてきた。これも、今までの男にされていなかったらしい。

志郎は充分に舌を蠢(うごめ)かせて味わい、再び脚を下ろして愛液が大洪水になっている割れ目を貪り、クリトリスに吸い付いた。

「い、いきそう、待って……」

すると、華也子が言って身を起こしてきた。

志郎も股間から這い出し、仰向けになっていった。彼女も勃起したペニスに顔を寄せ、熱い息を股間に籠もらせてきた。

「ね、ここから舐めて」

彼が言って自ら脚を浮かせ、両手で抱えて尻を突き出すと、

「な、舐めないといけない……？」

華也子がためらいがちに言った。どうやら、男のここも舐めたことがないらしく、バカ男とばかり付き合ってきたようだ。

「うん、僕は朝にシャワーを浴びてきたから」

志郎は言い、自分で尻の谷間を広げて肛門を丸出しにした。

華也子も仕方ないといった感じで口を寄せ、舌先でチロチロと肛門を舐め回してくれた。

「あう、気持ちいい。中にも入れて……」

さらに言うと、彼女も嫌々ヌルッと潜り込ませてきた。

「く……、いい……」

志郎は呻き、味わうようにモグモグと美女の舌先を肛門で締め付けた。内部での舌の蠢きと、陰嚢をくすぐる鼻息が何とも心地よかった。

やがて脚を下ろし、陰嚢を指した。

「ここも舐めて」

言うと華也子は陰嚢に舌を這わせ、二つの睾丸を転がし、生温かな唾液で袋全体をヌメらせてくれた。

さらに幹に指を添え、先端を華也子の口元に突き付けると、彼女も粘液の滲む尿道口に舌を這わせ、亀頭を含んできた。そうなると、もうためらいもなくスッポリと呑み込み、幹を締め付けて吸いはじめた。

「ああ、気持ちいい……」

志郎は喘ぎ、アスリート美女の口の中で唾液に濡れた幹をヒクヒクさせながら、ズンズンと股間を突き上げた。

「ンン……」

華也子も喉の奥を突かれて熱く鼻を鳴らし、合わせて顔を上下させ、スポスポと濡れた口で摩擦してくれた。

「い、いきそう。跨いで入れて……」

絶頂を迫らせて言うと、華也子もスポンと口を引き離して身を起こし、前進してペニスに跨がってきた。

先端に割れ目を擦り付け、位置を定めると息を詰め、ゆっくり腰を沈み込ませた。

屹立したペニスが、ヌルヌルッと肉襞の摩擦を受けながら滑らかに根元まで潜り込み、互いの股間がピッタリと密着した。

ナマ挿入でも何も言わないので、水泳選手は生理をコントロールし、ピルを服用しているのだろう。

「アア、すごいわ、奥まで感じる……」

華也子が顔を仰け反らせ、目を閉じてうっとりと言った。

志郎も温もりと感触を味わい、両手を伸ばして彼女を抱き寄せた。

身を重ねると彼は両膝を立て、すぐにも股間を突き上げはじめた。

「アア、いい……」

すっかり華也子も夢中になって喘ぎ、合わせて腰を遣った。

溢れた愛液が互いの股間をビショビショにさせ、クチュクチュと淫らに湿った摩擦音が聞こえてきた。

顔を引き寄せ下から唇を重ねると、彼女もピッタリと合わせた。

舌を挿し入れるとチロチロとからめてくれ、彼は生温かな唾液に濡れた舌のヌメリを心ゆくまで味わった。

った。

「ああ、いきそうよ……」

華也子が口を離して喘ぎ、志郎も湿り気ある花粉臭の吐息を嗅ぎながら高まってい

「舐めてヌルヌルにして……」

言って華也子の喘ぐ口に鼻を押し付けると、彼女も厭(いと)わず舌を這わせ、ヌラヌラと唾液にまみれさせてくれた。志郎は唾液と吐息の匂いに酔いしれながら高まり、そのまま昇り詰めてしまった。

「い、いく……！」

口走り、大きな快感に貫かれながら熱い大量のザーメンをドクンドクンと勢いよくほとばしらせると、

「か、感じるわ……、アアーッ……！」

噴出を受け止めた華也子も声を上げ、ガクガクと狂おしいオルガスムスの痙攣を開始したのだった。志郎は強まる収縮の中で快感を味わい、心置きなく最後の一滴まで出し尽くしていった。

満足しながら突き上げを弱めてゆくと、

「ああ……、良かった……」

華也子も言いながら硬直を解き、グッタリと力を抜いてもたれかかってきた。

やがて完全に動きを止め、彼は重みを受け止めながら、息づく膣内でヒクヒクと幹を震わせた。

そして彼女の喘ぐ口に鼻を押し付け、熱く濃厚な吐息で胸を満たし、うっとりと余韻を嚙み締めたのだった。

「こんなに良かったの初めて……」

華也子が、荒い息遣いを繰り返しながら呟き、彼の腕に触れてきた。

「筋肉なんて何もないのに、なぜ……、澄香も、この力を知っているの……？」

「一度、彼女の前で不良二人をやっつけたから」

「そう、それで彼女は君を好きになったのね……」

華也子も、納得するように言った。

実際は、それ以前から澄香は志郎を意識していたのだが、華也子にはそうした理由づけが最も分かりやすいだろう。

やがて呼吸を整えると、彼女が身を起こしてそろそろと股間を引き離した。

「シャワーを浴びましょう……」

言ってベッドを降りたので、志郎も一緒に移動した。

バスルームでシャワーを浴び、互いの股間と全身を洗い流した。まだ余韻に浸っているように、華也子はぼうっとしていた。

もちろん一度の射精で気が済むはずもなく、志郎は萎えることもなくピンピンに勃起したまま、美女の出すものを求めてしまった。

3

「オシッコ出して」

「どうして、そんなことさせたいの……」

志郎が言うと、華也子が驚いたように言った。

「美女が出すところ見たいので、少しでいいから」

「お風呂場でなんて出来ないわ。まして見られていたら」

「プールの中ではしちゃうでしょう?」

「一度もないわ、そんなこと」

華也子にとってプールは神聖な場所なのだろう。その流れで、バスルームも同じようだった。もちろん他の部員たちはしているに違いない。

「ここに立って」

志郎は床に座ったまま、言って目の前に華也子を立たせた。

「脚を開いて、出るとき言って」

「あう、するなんて言ってないのに……」

むずがるように言う彼女の股間に顔を埋め、割れ目を舐め回した。脚が長いので、ほとんど志郎は顔を上向け、自転車のサドルにでもなった感じである。

「ああ、ダメ……」

柔肉を舐めると華也子が喘ぎ、新たな愛液で舌の動きが滑らかになった。

志郎も今までの経験から、柔肉の蠢きで放尿が近いことを察した。あるいは得たのは怪力だけでなく、相手を従わせる能力もあるのかも知れない。

「で、出ちゃう……、アア……」

華也子が脚を震わせて言うなり、間もなくチョロチョロと熱い流れがほとばしってきた。

それを舌に受けて味わい、彼は喉に流し込んだ。味も匂いも淡く控えめで、抵抗なく飲み込むことが出来た。

「ああ……、こんなこと……」

華也子が朦朧と喘ぎながら、勢いを増して注いできた。

志郎は溢れた分で肌を温かく濡らされながら堪能し、間もなく流れが治まった。

滴る雫をすすり、悩ましい残り香の中で割れ目を舐めると、

「も、もうダメよ……」

華也子が言ってビクリと股間を引き離し、そのまま座り込んできた。

その後、もう一度二人でシャワーを浴び、身体を拭いて一緒にベッドに戻った。

「もう一回したい」

「じゃ、私が言うようにしてくれる？」

添い寝して甘えるように言うと、意外にも華也子もまだする気になったようだ。

そして彼女が枕元の引き出しを開け、何か取り出して志郎に手渡した。

それはピンク色で楕円形をしたローターだった。どうやら独り身が長いので、華也子はこれでクリトリスオナニーをしていたのだろう。

「これをお尻の穴に入れてからセックスして……」

「うわ……」

たちまち興奮が湧き上がり、志郎は歓声を上げて身を起こした。どうやら彼女は、アヌスオナニーまでしているようだった。

さらに華也子はローションの小瓶を出し、自ら仰向けで両脚を浮かせ、尻の谷間にローションを垂らした。

志郎もローターを手にし、彼女の肛門に押し付け、ローションのヌメリに合わせて指の腹で押し込んでいった。可憐な襞が伸びきって丸く押し広がり、見る見るローターが内部に没した。あとは蕾に戻った肛門から、電池ボックスに繋がるコードが伸びているだけとなった。

彼がスイッチを入れると、内部からブーン……とくぐもった振動音が聞こえ、

「アア……、いい気持ち……」

華也子が喘ぎながら、濡れた割れ目を息づかせた。

志郎も興奮に包まれながら股間を進め、張り詰めた亀頭を割れ目に擦り付け、ヌメリを与えてからゆっくり挿入していった。

「あう、すごい……」

華也子が呻き、彼自身もヌルヌルッと滑らかに根元まで潜り込んだ。

股間を密着させると、直腸内にローターがあるため締まりがきつくなり、振動も間の肉を通してペニスの裏側に伝わってきた。

「アア……、いきそう……」

前後の穴を塞がれ、華也子が喘ぎながら膣内を収縮させた。そのたび、連動するように肛門内部も締まり、振動音が悲鳴のように甲高(かんだか)くなった。

「突いて、強く何度も……」

華也子が声を上ずらせて言い、両手で彼を抱き寄せた。

志郎も、長身で頑丈な彼女に遠慮なく体重を預け、締め付けの増している膣内でズンズンと激しく動きはじめた。

彼は締め付けと温もり、摩擦快感と振動に包まれ、急激に絶頂を迫らせていった。

上から彼女の喘ぐ口に鼻を押し込んで嗅ぐと、口内が乾き気味なのか甘い花粉臭の刺激がすっかり濃くなり、悩ましく鼻腔を搔き回してきた。

締まりが良くても、大洪水になっている愛液で律動は滑らかになり、彼女も絶頂間近なのか収縮が活発になっていた。

そして志郎が股間をぶつけるように突き動かしていると、先に華也子がブリッジするように反り返って硬直した。

「い、いっちゃう……、あぁーッ……！」

激しく喘ぎながら、ガクガクと狂おしい痙攣を開始し、腰を突き上げるたび志郎の全身も上下にバウンドした。

勢いで抜けないよう気をつけながら腰を動かし続けていると、志郎も二度目の絶頂に達してしてしまった。

「く……！」

絶頂の快感に呻き、ありったけの熱いザーメンをドクンドクンと注入すると、

「あう、もっと……！」

華也子が噴出を感じ、駄目押しの快感を得たように呻いた。

志郎は心地よい摩擦と、彼女の悩ましい吐息の匂いの中で心置きなく快感を噛み締め、最後の一滴まで出し尽くしていった。

すっかり満足しながら徐々に動きを弱め、力を抜いてもたれかかっていくと、

「ああ……」

華也子も声を洩らし、肌の強ばりを解いてグッタリと身を投げ出していった。

互いの動きは止まっても、まだ直腸内にあるローターがブンブン唸りを上げて振動し、その刺激にペニスがヒクヒクと跳ね上がった。

そして志郎は、彼女の口に鼻を押し込み、悩ましい吐息の匂いに刺激されながら余韻を味わった。

「も、もう抜いて……」

華也子も降参するように、腰をよじって言った。

ようやく身を起こした志郎は、股間を引き離してティッシュでペニスと割れ目を拭き、ローターのスイッチを切った。

コードを丸めて摑み、切れないよう注意しながら引っ張り出すと、見る見る蕾が丸く押し広がり、奥から楕円形のローターが顔を出した。

ツルッと抜け落ちると、肛門は一瞬滑らかな粘膜を覗かせたが、見る見るつぼまって元の可憐な形に戻っていった。

特に、ローターの正面に汚れはないが、嗅ぐと生々しい微香が感じられた。

それをティッシュに包んで置き、志郎は添い寝して腕枕してもらった。

華也子は余韻に朦朧となり、荒い呼吸を繰り返しているだけだ。

「またして、お願い……」

「ええ、いつでも呼び出して下さいね」

華也子が言うので、志郎も答えた。

「最初は、頼りなさそうな男の子に悪戯(いたずら)したいと思っていたのだけど、すごく大きな満足が得られたわ……」

「ええ、僕もすごく良かったです」

志郎は答え、華也子の胸に抱かれながら呼吸を整えた。

彼女はしばらく起き上がれそうにないので、志郎は先にベッドを降りて身繕いをすると、許可をもらってスマホのラインを交換した。

そしてコーポを出ると、志郎はそのまま帰宅したのだった。

4

「今日は、澄香は練習のあとみんなで夕食らしいから遅くなるわ」

奈美子が、すでに全裸になり、添い寝した志郎に言った。

午前中の講義を終えた彼は、学内で昼食を済ませると奈美子の呼び出しを受けたのである。

もちろん民宿の準備は整っているので、手伝いというわけではなく単に性欲処理のために呼ばれたようなものだった。

志郎は甘い匂いに包まれ、息づく巨乳に手を這わせながら美熟女の吐息に酔いしれた。今日も奈美子の口からは、白粉(おしろい)に似た甘い刺激臭の息が湿り気を含んで悩ましく吐き出されている。

「ああ、可愛い……」

奈美子も彼の顔を胸に抱き、優しく髪を撫でながら、惜しみなく熱く甘い息を吐きかけてくれた。

「いい匂い。小さくなって奈美子さんのお口に入ってみたい」

「それから？」

「細かく噛まれて、おなかの中で溶けてしまいたい」

「ダメよ、そんなこと言うと本当に食べてしまうわよ」

奈美子が囁き、志郎はそんな言葉だけで激しく興奮を高めた。

「奈美子さんは、濡れ女なの……？」

志郎は、思わず訊いていた。

「もう薄々分かっているでしょう。私の体液で力を持ったのだから」

「じゃ、本当に？」

「済んでからでなくていいの？　先に聞くと恐くて萎えるかも知れないわ」

奈美子が、熱っぽく彼の顔を覗き込みながら言った。

「大丈夫。じゃ亜弥の言ったことは本当だったのか……」

志郎は答え、勃起したペニスを彼女の太腿に擦り付けた。

「亜弥ちゃんは、もともと霊感が強かったし、澄香の体液を吸収して、さらに感覚が研ぎ澄まされたみたい」

「なぜ僕が選ばれたの」

「似ていたから」

やはり大昔、まだ人間だったときの最初の夫に似ていたのかも知れない。

「人の世界に来た目的は？」

「長い歳月を経て、化けられるようになったから、海から出てまた人と関わりたくなったの。誰も食べたりしないから安心して。さあ、もういいでしょう」

奈美子が近々と顔を寄せて囁き、彼の額に唇を触れさせた。

志郎も巨乳を揉みしだき、チュッと乳首に吸い付いて舌で転がした。

「アア……」

奈美子がうっとりと喘ぎ、うねうねと熟れ肌を悶えさせはじめた。

彼女が仰向けになったので志郎ものしかかり、両の乳首を順々に含んで舐め回し、腋の下にも鼻を埋め込んだ。

生ぬるく湿った和毛に籠もる甘ったるい濃厚な汗の匂いに酔いしれ、滑らかな熟れ肌を舐め降りた。

そして豊満な腰のラインから、本当に妖怪かも知れない下半身を舐め降り、足裏にも舌を這わせて指先に鼻を擦り付けた。

今日も動き回っていたらしく、汗と脂に湿った指の間はムレムレの匂いが濃厚に沁み付き、ゾクゾクと彼の胸を震わせた。

充分に嗅いでから爪先をしゃぶり、全ての指の股に舌を割り込ませて味わい、両足とも心ゆくまで貪り尽くした。

「ああ……、いい気持ち……」

奈美子が喘ぎ、ヒクヒクと下半身を震わせた。

彼は大股開きにさせて脚の内側を舐め上げ、ムッチリと量感ある内腿をたどり、熱気の籠もる股間に迫っていった。

見ると熟れた割れ目は大量の愛液に潤い、指で陰唇を広げると、かつて澄香の生まれ出た膣口がヌメヌメと光沢を放ち妖しく息づいていた。

尿道口もはっきり見えてクリトリスもツンと突き立ち、本当に人間に化けたのだとしたら細部まで完全に再現されている。

顔を埋め込んで柔らかな茂みに鼻を押し付けて嗅ぐと、甘ったるい汗の匂いにほのかな残尿臭が、淡い磯の香りに似て鼻腔を刺激してきた。

志郎は何度も深呼吸しながら美熟女の匂いを吸収し、舌を這わせていった。

生ぬるく淡い酸味のヌメリに満ちた柔肉を掻き回し、膣口からクリトリスまでゆっくり舐め上げていくと、

「アアッ……！　いい……」

奈美子が顔を仰け反らせて熱く喘ぎ、内腿できつく彼の両頬を挟み付けた。

志郎は執拗にクリトリスを舐め回してヌメリをすすり、味と匂いを堪能した。

そして両脚を浮かせ、豊満な逆ハート型の尻に迫った。

指で谷間を広げると、薄桃色のおちょぼ口をした蕾が丸見えになった。

鼻を埋め込むと、顔中に弾力ある双丘が心地よく密着し、蕾に籠もる蒸れた微香が感じられた。

匂いを貪ってから舌を這わせ、濡れた襞の中にヌルッと潜り込ませ、滑らかな粘膜を探ると、

「あう……」

奈美子が呻き、キュッと肛門で舌先を締め付けてきた。

志郎は内部で舌を蠢かせてから引き離し、指を潜り込ませながら、再びクリトリスに吸い付き、膣口にも指を押し込んだ。

「アア……、指より、本物を入れて……」

三点攻めに身悶えながら奈美子は、前後の穴できつく彼の指を締め付けた。

志郎も待ちきれない思いになり、すぐにヌルッと指を引き抜いて身を起こし、前進して先端を濡れた割れ目に押し付けた。

そのまま正常位で、感触を味わうようにゆっくり挿入すると、急角度に反り返ったペニスはヌルヌルッと滑らかに根元まで吸い込まれていった。

「ああ、奥まで響くわ……」

奈美子がうっとりと目を閉じて言い、キュッときつく締め付けてきた。

志郎は股間を密着させ、何度かズンズンと腰を突き動かし、別の体位を試したくなった。

「横向きになって」

いったん引き抜いて言うと、彼女も素直に横になった。

志郎は彼女の上の脚を真上に差し上げ、下の内腿に跨がって再び挿入し、上の脚に両手でしがみついた。

腰を動かすと、局部のみならず内腿が擦れ合い、しかも互いの股間が交差しているから密着感も高まった。

「アア、すごい、もっと……！」

奈美子も、この松葉くずしの体位が気に入ったように喘ぎ、自らも腰を遣った。

しかし、彼はここで果てる気はせず、またヌルッと引き抜いて、今度は奈美子を四つん這いにさせた。

膝を突いて股間を進め、バックから愛液に濡れた先端を膣口に潜り込ませると、豊満な尻の丸みが股間に心地よく密着して弾んだ。

「あうう……、突いて、お願い……」

奈美子が顔を伏せて呻き、せがむように腰を前後させてきた。

志郎も白い背にのしかかり、甘い髪の匂いを嗅ぎながら腰を遣い、両脇から回した手で、たわわに実って揺れる巨乳を鷲摑みにした。

尻の感触が何とも最高だったが、やはり果てるときは美女の唾液や吐息を味わいたかった。

彼はいくつかの体位を経験すると引き抜き、仰向けになっていった。

「ね、お口で可愛がって……」

勃起した幹を震わせて言うと、奈美子も彼の股間に陣取って顔を寄せ、自らの愛液にまみれているのも厭わず亀頭にしゃぶり付いてきた。

スッポリと喉の奥まで呑み込み、幹を締め付けて吸うと、

「ンン……」

奈美子は熱く呻き、息で恥毛をくすぐった。

「ああ、気持ちいい……」

クチュクチュと舌がからみつくと、志郎は快感に喘いで美女の愛撫に身を委ねた。

彼女も何度か顔を上下させ、濡れた唇でスポスポと摩擦してから口を離し、陰嚢にしゃぶり付いてきた。

睾丸を転がし充分に唾液にぬめらせると、さらに彼の両脚を浮かせて尻の穴を舐め回し、自分がされたようにヌルッと潜り込ませた。

「あう……」

志郎は快感に呻き、モグモグと美女の舌先を肛門で味わった。内部で舌が蠢くと、内側から刺激されたように勃起した幹がヒクヒクと上下した。

ようやく脚が下ろされると、奈美子は再び亀頭をしゃぶり、さらに巨乳の谷間でも幹を挟んで揉んでくれた。

「ね、入れたいわ。もう最後まで抜かないで」

やがて彼女が言って身を起こし、前進して跨がってきた。

志郎も、やはり最後は好きな女上位でフィニッシュを迎えることにした。

「アアッ……！」

ヌルヌルッと根元まで受け入れ、完全に座り込んで股間を密着させて奈美子が喘ぎ、すぐにも身を重ねてきた。

志郎も下から両手を回してしがみつき、僅かに両膝を立てて豊かな尻を支えた。

すると奈美子が腰を遣いはじめながら、上からピッタリと唇を重ね、ヌルリと舌を潜り込ませた。

彼も舌をからめ、生温かな唾液のヌメリを味わいながら、ズンズンと股間を突き上げはじめていった。

「アア……、いきそうよ……」

奈美子が口を離し、淫らに唾液の糸を引きながら喘いだ。

膣内の収縮も高まり、粗相したかのように溢れる大量の愛液が互いの股間をビショビショにさせ、動きに合わせてピチャクチャと淫らな音を立てた。

「唾でヌルヌルにして……」

せがみながら奈美子の口に鼻を押し込むと、彼女も舌を這わせ、志郎は甘く悩ましい口の匂いに激しく高まっていった。

「ああ、いい気持ち……」

奈美子も絶頂を迫らせながら喘ぎ、心ゆくまで熱い息を吐きかけ、生温かな唾液で彼の顔中をヌルヌルにまみれさせてくれた。

たちまち志郎は昇り詰め、大きな絶頂の快感に全身を貫かれた。

「い、いく……、アアッ……!」

喘ぐと同時に、熱い大量のザーメンがドクンドクンと勢いよくほとばしり、

「アアーッ……!」

噴出を感じた途端、奈美子もオルガスムスのスイッチが入って声を上げ、ガクガクと狂おしい痙攣を繰り返した。

志郎は心地よい締め付けと肉襞の摩擦に酔いしれ、心置きなく最後の一滴まで出し尽くしていった。

満足しながら突き上げを弱めていくと、

「ああ……、溶けてしまいそう……」

奈美子も熟れ肌の硬直を解いて言い、グッタリと体重を預けてきた。

膣内はまだ名残惜しげな収縮を繰り返し、刺激されたペニスが内部でヒクヒクと過敏に跳ね上がった。

そして彼は、美熟女の重みと温もりを受け止め、かぐわしい吐息を胸いっぱい嗅ぎながら、うっとりと快感の余韻に浸り込んでいったのだった……。

5

「いよいよ開店も近いわね」

真沙江が志郎に言い、気が急くように服を脱いでいった。

ラインで彼女のハイツに呼び出された彼も手早く脱ぎ、勃起しながら先に布団に横たわった。

「あれから、水無月さんのことばっかり考えていたわ。すごくしたくて堪らなかったの。仕事が始まったら、忙しくなってそんなに出来ないだろうから」

真沙江も一糸まとわぬ姿になって言い、甘ったるい汗の匂いを揺らめかせながら横になってきた。

「ラインで言っていたけど、本当にシャワーも浴びなくて良かったのね？」

「ええ、匂いが濃い方が高まるので」

「本当に変わってるわ。でも燃えてくれる方が嬉しいから」

真沙江が言う。別に変わっているわけではなく、女性のナマの匂いを求めない男の方が変なのである。

「先に、いいかしら」

彼女が言い、勃起したペニスに顔を寄せ、幹を撫で回してきた。

「嬉しいわ、こんなに勃って……、ああ、男の子の匂い……」

真沙江は先端に鼻を寄せて言い、ニギニギと愛撫しながら舌を這わせてきた。

粘液の滲む尿道口が舐められ、さらに丸く開いた口がスッポリと根元まで呑み込んできた。

志郎は身を投げ出し、この三十前の人妻の愛撫を受け止めた。

「ンン……」

真沙江は深々と含んで吸い付き、熱い鼻息で恥毛をくすぐりながらクチュクチュと舌をからめた。そしてスポンと引き抜くと陰嚢を舐め回し、気が済んだように添い寝してきた。

「して。好きなように……」

仰向けになって真沙江が言うと、志郎は入れ替わりに身を起こし、まず彼女の足裏に舌を這わせ、指の間に鼻を割り込ませた。

「あう、そんな恥ずかしいところから……」

彼女が呆れたように言い、身構えるように肌を強ばらせたが、拒みはしなかった。

働き者の彼女は、今日も朝から育児や買い物で動き回り、指の間にはムレムレになった匂いが濃く沁み付いていた。

志郎は匂いを貪ってから爪先をしゃぶり、両足とも味と匂いが薄れるまで堪能し尽くした。

そして脚の内側を舐め上げ、ムッチリした内腿をたどって股間に迫った。

見ると割れ目はヌラヌラと大量の愛液に潤い、指で陰唇を開くと、息づく膣口には白濁の粘液もまつわりついていた。

先に両脚を浮かせて尻の谷間に鼻を埋め、レモンの先のように僅かに突き出た蕾に籠もる匂いを貪ってから舌を這わせた。

「あう……！」

ヌルッと潜り込ませて、微妙に甘苦い粘膜を味わうと、真沙江が呻いてキュッと肛門を締め付けてきた。

志郎は舌を蠢かせ、充分に味わってから脚を下ろして割れ目を舐め上げていった。

濃い恥毛に鼻を擦り付け、生ぬるい汗とオシッコの匂いで鼻腔を満たした。

舌を挿し入れると淡い酸味のヌメリが迎え、彼は膣口の襞を掻き回してからクリトリスまで舐め上げていった。

「アア、いい気持ち……！」

美人妻が顔を仰け反らせて喘ぎ、内腿できつく彼の顔を挟み付けてきた。

志郎はもがく腰を抱え込んで押さえ、執拗にクリトリスを吸っては舌を這わせ、溢れる愛液をすすった。

「す、すぐいきそうよ、お願い、入れて……！」

すぐにも絶頂を迫らせた真沙江がせがみ、ヒクヒクと白い下腹を波打たせた。

志郎も急激に高まって身を起こし、股間を進めて正常位で挿入した。

濡れた膣口にヌルヌルッと一気に根元まで押し込むと、

「あう、いい……！」

真沙江が仰け反って呻き、モグモグと味わうように締め付けてきた。

志郎は股間を密着させて身を重ね、まだ動かずに温もりと感触を味わいながら、屈み込んで濃く色づいた乳首に吸い付いた。

今日も乳首からは母乳の雫が滲んでいるが、吸い付いてもあまり出ないので、そろそろ終わりの時期なのだろう。

左右の乳首を交互に含んで吸い、充分に舌で転がすと、

「アア……、動いて……」

待ちきれないように真沙江が言い、ズンズンと股間を突き上げてきた。

合わせて志郎も腰を遣いはじめ、滑らかな肉襞の摩擦と温もりを味わった。

たちまち互いの動きがリズミカルに一致し、股間をぶつけ合うようにするとピチャクチャと湿った摩擦音が響いた。

揺れてぶつかる陰嚢も生温かく濡れ、膣内の収縮が高まってきた。

志郎は上からピッタリと唇を重ね、蠢く舌を舐め回しながら熱い息を嗅いだ。

「ああ、いきそう……」

真沙江が口を離すと、湿り気ある息が濃厚な花粉臭を含んで鼻腔を刺激してきた。

さらに志郎は彼女の口に鼻を押し込み、悩ましい息を胸いっぱいに嗅ぎながら腰を動かし続けた。

「い、いっちゃう……、ああーッ……！」

真沙江が声を上げ、彼を乗せたまま反り返るなりガクガクと狂おしく痙攣した。

愛液は、まるで潮を噴くように大量に溢れ、摩擦の中で志郎も続けて絶頂に達してしまった。

「く……、気持ちいい……！」

志郎も呻き、ありったけの熱いザーメンをドクンドクンと勢いよく注入し、奥深い部分を直撃した。

「あう、感じる……！」

噴出を受けた真沙江は、駄目押しの快感を得て呻き、クネクネと身悶え続けた。

志郎も心ゆくまで快感を嚙み締め、最後の一滴まで出し尽くすと、満足しながら徐々に動きを弱めていった。

「ああ……、すごい……」

真沙江は息も絶えだえになって声を洩らし、強ばりを解いてグッタリと四肢を投げ出していった。

やがて完全に動きを止めても、まだ収縮が繰り返され、中でヒクヒクと幹が過敏に震えた。

「も、もう堪忍……、抜いて……」

真沙江も感じすぎるように言い、志郎も股間を引き離してゴロリと添い寝した。

そして甘えるように腕枕してもらい、濃厚な体臭と悩ましい吐息を嗅ぎながら余韻を味わった。

「前の時より、もっと良かったわ……」

真沙江が荒い息遣いを繰り返し、彼を胸に抱きながら言った。

やはり初回は未知の部分が大きかっただろうが、二度目となると良かった分の期待が膨れ上がり、また彼もそれに充分すぎるほど応えたのだろう。

やがて真沙江が手を伸ばしてティッシュを取り、自分で割れ目を拭きながら移動してきた。

愛液とザーメンにまみれているペニスにしゃぶり付き、ヌメリを拭うように舌を這わせ、貪欲に吸い付いた。

「アア……、どうか、もう……」

志郎は腰をよじりながら言ったが、まだペニスは萎えていなかった。

「すごいわ、まだこんなに大きくて硬いまま……。でも、二回目は動けなくなりそうだから無理だわ……」

真沙江は言い、なおも張り詰めた亀頭をしゃぶり、二度目のザーメンを飲みたい一心で吸引した。

「ああ……」

志郎も諦めたように身を投げ出し、次の絶頂が迫るのを待った。

真沙江も夢中で顔を上下させ、スポスポと強烈な摩擦を繰り返すと、とうとう彼も二度目の快感に貫かれてしまった。

「く……！」

呻きながらドクドクと射精すると、真沙江も嬉々として吸い付き、淫らに喉を鳴らして貪ったのだった……。

第五章　二人がかりの目眩く宴

1

「何だか、三人でするなんて夢のようだね。前からこんな日が来るといいなって、ボクは思っていたよ」

澄香が言い、すっかり興奮を高めているように脱ぎはじめた。

彼女の部屋に、志郎と亜弥も来ていた。奈美子は、ずっと午後から出かけていて、夜まで帰ってこないらしい。

志郎は今日は休みだったので、昼食を終えると歯磨きとシャワーを終えて出向いて来たが、澄香と亜弥は午前中大学で、学食で食事をしてから一緒に帰ってきたようだった。

三人で戯れることは、もちろん澄香の提案だが、亜弥も嫌ではないらしく、メガネの奥の眼差しを期待と好奇心にキラキラさせているではないか。

やはり亜弥も、澄香や志郎の体液を吸収し、すっかり引っ込み思案の部分が薄れて前向きな性格になっているのだろう。

亜弥も脱ぎはじめ、澄香と一緒に見る見る肌を露わにしていった。美少女たちの混じり合った体臭が、甘ったるく室内に立ち籠めはじめ、志郎も激しく勃起しながら手早く全裸になった。

先にベッドに横になり、彼は澄香の匂いの沁み付いた枕を嗅いでゾクゾクと胸を震わせた。

すると二人も一糸まとわぬ姿になり、仰向けになった彼の左右から迫ってきた。

「いい？　最初は好きにするからじっとしてて」

澄香が言い、亜弥も納得しているようだから、すでに二人は段取りを打ち合わせていたようだ。

二人は屈み込み、まず志郎の左右の乳首にチュッと吸い付いてきた。

「あう……」

志郎は快感に呻き、身構えるようにビクリと肌を強ばらせた。

澄香が右の乳首、亜弥が左を吸い、舌を這わせた。熱い息が肌をくすぐり、微妙に異なる左右の刺激に彼はクネクネと悶えた。

「噛んで……」

「大丈夫？」

思わず言うと亜弥が答え、二人は左右の乳首にそっと歯を立ててくれた。

「ああ、気持ちいい。もっと強く、あちこちも噛んで……」

志郎は、甘美な刺激に興奮を高めながらせがんだ。

二人は乳首を噛み、さらに脇腹から下腹まで、舌と歯で移動してゆき、彼はまるで美少女たちに全身を食べられているような錯覚に陥った。

そして二人は屹立したペニスを後回しにするように避け、腰から太腿、脚を舐め降りていった。

まるで日頃彼がしている愛撫の順番が、そのまま再現されているようだ。

二人は同時に、志郎の足裏をヌラヌラと舐め、爪先にしゃぶり付き、順々に指の股にヌルッと舌を割り込ませてきた。

「アアッ……、いいよ、そんなことしなくても……」

志郎は、申し訳ないような快感に思わず言った。

しかし二人は、厭わず念入りに隅々までしゃぶってくれた。愛撫してもらうというより、二人が好きで貪っているようだった。

足指を舐めることは多いが、されるのは初めてで、生温かな唾液に濡れた舌がヌルッと指の間に潜り込むと、ゾクリとするような快感が走った。

そして足指を舐め尽くすと、二人は彼を大股開きにさせて左右の脚の内側を舐め上げてきた。

内腿にもキュッと綺麗な歯並びが食い込み、

「あう、もっと……」

志郎も思わず呻き、勃起したペニスをヒクヒクと上下に震わせた。

やがて股間まで来ると二人は頬を寄せ合い、熱い息が混じり合った。

すると澄香が彼の両脚を浮かせ、まずは二人で双丘を噛み、交互に尻の谷間が舐め回された。

先に澄香が肛門を舐め、ヌルッと舌先を潜り込ませてきた。

「く……！」

志郎は快感に呻き、キュッと澄香の舌を肛門で締め付けた。彼女が中で舌を蠢かせると、連動するように幹が跳ね上がった。

澄香が舌を離すと、すかさず亜弥が同じように舐め、ヌルッと侵入させてきた。

これも激しい快感で、しかも立て続けだと二人の舌の感触や蠢きの違いも分かり、そのどちらにも彼は高まった。

亜弥も念入りに舌を蠢かせ、熱い鼻息で陰嚢をくすぐった。

二人が充分に尻の谷間を愛撫すると、ようやく脚が下ろされ、彼女たちは同時に陰嚢に舌を這わせてきた。

「アア……」

二人分の熱い息が混じって籠もり、それぞれの睾丸が舌に転がされ、袋全体はミックス唾液に生温かくまみれた。女同士で互いの舌が触れ合っても、レズごっこをしてきただけあり気にならないようだ。

何やら志郎は、ペニスに触れられる前に、二人がかりの愛撫で果ててしまいそうだった。

いよいよ二人は身を乗り出し、勃起したペニスに舌を這わせてきた。

肉棒の裏側と側面に、それぞれの舌が這い回り、同時に先端に辿り着いた。

粘液の滲む尿道口が交互にチロチロと舐め回され、張り詰めた亀頭にも二人の舌が満遍(まんべん)なく触れてきた。

やはり先に澄香がスッポリと呑み込み、上気した頬をすぼめて吸い付きながらチュパッと引き抜いた。

すかさず亜弥も同じようにして深々と含み、クチュクチュと舌をからめながら引き抜き、それが代わる代わる延々と繰り返された。

二人の口の中も、温もりや感触が微妙に異なり、それを交互に味わえるという贅沢な快感に包まれ、たちまちペニス全体は、美少女たちの清らかな唾液に生温かくまみれた。

「い、いきそう……」

志郎が身悶えながら警告を発しても、二人は強烈な愛撫を止めなかった。

あるいは一度目は、二人で吸い出してしまおうという段取りなのかも知れない。

それならと、彼も我慢するのを止めて素直に快感を受け止めた。

二人も交互に含んでは舌をからめ、強く吸い付いて引き離した。

「い、いく……、アアッ……!」

志郎は、もうどちらの口に含まれているのか分からないほどの心地よさで朦朧となり、とうとう大きな絶頂の快感に全身を貫かれながら口走った。

同時に、熱い大量のザーメンがドクンドクンと勢いよくほとばしった。

「ク……、ンン……」

ちょうど含んでいた亜弥が、喉の奥を直撃されて声を洩らした。

そして彼女がスポンと口を引き離すと、すぐに澄香がパクッと亀頭を含み、余りを吸い出してくれたのだ。

「あうう、気持ちいい……」

志郎は腰を浮かせて反り返り、呻きながら最後の一滴まで出し尽くしてしまった。

澄香が亀頭を含んだまま、口に溜まったザーメンをゴクリと飲み込み、ようやく口を離してくれた。

もちろん亜弥も、口に飛び込んだ濃厚な第一撃は飲み干してしまったのだろう。

二人はなおも顔を寄せ、尿道口に脹らむ余りの雫までペロペロと舐め取って綺麗にしてくれた。

「も、もういい、有難う……」

志郎も射精直後で過敏になっている幹を震わせながら、クネクネと腰をよじって降参した。

二人がかりのフェラで射精するなんて贅沢な行為は、普通なら一生に一回も体験できないものだろう。志郎はいつまでも荒い息遣いと動悸が治まらなかった。

「すごい出たけど、まだ勃ってる」

澄香がチロリと舌なめずりして言い、二人も身を起こした。

志郎は余韻を味わいながら、もちろん満足するよりも次への大いなる期待が高まってしまった。

やはり相手が二人だと、快復力も倍加しているのだろう。

「ね、どうしたら回復する？　何でもするから言って」

澄香に言われ、志郎も素直に願望を口にした。

「じゃ、僕の顔の左右に立って、足を乗せて」

呼吸を整えながら言うと、二人も立ち上がり、彼の顔の左右に立ってくれた。

全裸の美少女が二人、顔の横に立っているのを真下から見上げるのは何とも壮観であった。

二人ともスラリとした脚をし、ムチムチした太腿の間には濡れはじめている割れ目が見えていた。眺めだけでなく、肌から発する温もりと、淡い匂いにも刺激された。

やがて二人は彼の上で向かい合わせになり、フラつく身体を支え合いながら、そろそろと片方の足を浮かせて顔に乗せてきた。

「ああ……」

志郎は、二人分の足裏の感触を顔に受けて喘いだ。

どちらの足裏も生温かく湿り気があり、たまにバランスを崩してギュッと踏みつける感覚も良かった。

彼は、二人の美少女の足裏を交互に舐め回しはじめた。

2

「あん、くすぐったいわ……」

亜弥がビクリと反応し、声を震わせて澄香にしがみついた。

どちらの足指の股も、生ぬるい汗と脂にジットリ湿り、蒸れた匂いが濃く沁み付いていた。

交互に鼻を擦り付けながらムレムレの匂いを貪り、やがて志郎は順々に爪先にしゃぶり付き、全ての指の間を舐め回した。

「アア……、踏んでいるなんて変な感じ……」

澄香も、熱く喘ぎながら指を縮込ませた。

やがて脚を交代してもらい、彼は新鮮な味と匂いを心ゆくまで堪能した。

「じゃ、顔を跨いでしゃがんで」

口を離して言うと、やはり澄香が先に跨がってきた。まだ誕生日前の十八歳だが、十九になっている亜弥より姉貴分タイプである。

澄香がしゃがみ込むと、スラリとした脚がM字になり、白い内腿がムッチリと張り詰めた。

ぷっくりした割れ目が鼻先に迫ると、匂いを含んだ熱気が顔中を包み込んだ。

見上げると僅かに陰唇が開き、ヌメヌメと潤うピンクの柔肉と、大きめのクリトリスが覗いていた。

腰を抱き寄せて割れ目に顔を埋めると、鼻をくすぐる恥毛に籠もる汗とオシッコの匂いが、磯の香のように悩ましく鼻腔を湿らせてきた。

志郎は蒸れた匂いを貪りながら舌を挿し入れ、淡い酸味のヌメリを掻き回しながら膣口からクリトリスまで舐め上げていった。

「アアッ……！」

澄香が喘ぎ、思わずギュッと座り込みそうになると、懸命に彼の顔の左右で両足を踏ん張った。

くすぐるようにチロチロとクリトリスを舐めると、新たな愛液がトロトロと溢れ、彼の顎から首筋まで生温かく滴ってきた。

「ああ、いい気持ち……」

澄香が腰をくねらせて喘ぎ、さらに彼は尻の真下に潜り込み、顔中に弾力ある双丘を受け止めた。

谷間の蕾（つぼみ）に鼻を埋めると蒸れた微香が籠もり、志郎は胸いっぱいに貪ってから舌を這わせ、ヌルッと潜り込ませて滑らかな粘膜を探った。

「あう……」

澄香が呻き、キュッと肛門で舌先を締め付けた。

彼は舌を蠢かせて味わい、再び大洪水になっている割れ目に戻ってクリトリスに吸い付いた。

「も、もういいわ、いきそう……」

彼女が言ってビクッと股間を引き離し、亜弥のために場所を空けた。

すると亜弥も、ためらいなく志郎の顔に跨がって和式トイレスタイルでしゃがみ込んできた。

「ああ、恥ずかしい……」

全裸にメガネだけかけた亜弥が、声を震わせて志郎の鼻先に割れ目を迫らせた。

彼女も割れ目はヌラヌラと清らかな蜜に潤い、今にもトロリと滴りそうなほど陰唇の雫を脹らませていた。

若草の丘に鼻を埋め込んで嗅ぐと、やはり汗とオシッコの匂いが生ぬるく蒸れて馥郁と籠もり、悩ましく胸に沁み込んできた。

舌を挿し入れて淡い酸味に満ちた柔肉を掻き回し、ゆっくり味わいながら小粒のクリトリスまで舐め上げた。

「アアッ……！」

亜弥が喘ぎ、さらに濃い匂いを揺らめかせた。

志郎はチロチロと舐め回しては蜜をすすり、澄香にしたと同じように尻の真下に潜り込んでいった。谷間の蕾に鼻を埋め込んで嗅ぐと、やはり蒸れた匂いが籠もり、甘美に鼻腔を刺激してきた。

彼は舐め回して息づく襞を濡らし、ヌルッと潜り込ませて滑らかな粘膜に触れた。

「く……」

亜弥は呻き、やはりキュッときつく肛門で舌先を締め付けた。

やがて志郎は、二人の前も後ろも味わい尽くして舌を引き離した。

「ああ……」

亜弥は喘ぎ、股間を引き離してゴロリと添い寝してきた。

「入れたいわ」

すると見ていた澄香が言って彼の股間に跨がり、待ちきれないように先端に割れ目を押し付けてきた。もちろん志郎も硬度は元より、淫気も充分すぎるほど完全に回復していた。

澄香がゆっくり座り込むと、張り詰めた亀頭が潜り込み、あとは潤いと重みでヌルヌルッと滑らかに根元まで呑み込まれていった。

「ああ、いい気持ち……！」

顔を仰け反らせて彼女が喘ぎ、完全に座り込んでピッタリと股間を密着させた。

志郎も、心地よい肉襞の摩擦と潤い、きつい締め付けと熱いほどの温もりに包まれてうっとりとなった。

やはり二人がかりのフェラで射精するのも夢のように心地よかったが、やはりこうして女体と一つになるのが最高なのだと実感した。

澄香は経験が浅いのに快楽を知っているから、何度か貪欲にグリグリと股間を擦り付け、やがて身を重ねてきた。

志郎も両手で抱き留め、潜り込むようにして乳首に吸い付いた。

舌で転がし、顔中で柔らかな膨らみを味わうと、甘ったるい汗の匂いが漂った。

左右の乳首を含んで舐め回し、ジットリと生ぬるく湿った腋の下にも鼻を埋め、濃厚な匂いを貪った。

さらに横たわっている亜弥の身体も引き寄せて乳首を吸い、左右とも舐め回してから腋に鼻を埋め、微妙に異なる汗の匂いを味わった。

「アア、いきそう……」

澄香が腰を動かしはじめながら喘ぎ、溢れる愛液ですぐにも動きが滑らかになってクチュクチュと摩擦音が聞こえてきた。

志郎もズンズンと股間を突き上げながら、二人の顔を引き寄せて唇を重ねた。

二人も唇を押し付け、同時に舌をからめてくれた。

これも実に贅沢な感覚である。二人の柔らかな唇が密着し、滑らかに蠢く舌をダブルで味わえるのだ。

三人が鼻を突き合わせているので、彼の顔中は美少女たちの熱い吐息で湿り気を帯びた。

「唾を垂らして……」

囁くと、彼女たちも懸命に唾液を分泌させて口に溜め、続けてトロトロと吐き出してきた。志郎は二人分の、生温かな白っぽく小泡の多いシロップを舌に受け、うっとりと喉を潤した。

「顔中もヌルヌルにして……」

さらにせがむと、二人も舌を這わせ、彼の鼻筋から頬、瞼まで清らかな唾液にまみれさせてくれた。

「ああ、気持ちいい……」

志郎は股間を突き上げ、肉襞の摩擦に高まりながら喘いだ。

右の鼻の穴からは、亜弥の甘酸っぱい果実臭の吐息が侵入し、左には澄香のシナモン臭の息が吐きかけられ、奥で混じり合った湿り気ある芳香が悩ましく胸に沁み込んできた。

それに唾液の匂いも混じって鼻腔を刺激し、とうとう志郎は昇り詰めてしまった。

「い、いく……！」

突き上がる大きな快感に口走り、彼は熱い大量のザーメンをドクンドクンと勢いよくほとばしらせた。

「あう、いっちゃう……！」

噴出を受けた澄香も呻き、キュッキュッと締め付けながらガクガクと狂おしいオルガスムスの痙攣を開始した。

収縮が高まり、志郎は激しく股間を突き上げながら、溶けてしまいそうな快感に酔いしれた。そして最後の一滴まで出し尽くすと、すっかり満足して徐々に動きを弱めていった。

「アア……」

澄香も声を洩らし、力尽きたようにグッタリともたれかかってきた。

志郎も身を投げ出し、まだ息づく膣内でヒクヒクと幹を震わせた。

そして二人の顔を抱き寄せ、熱く吐き出される吐息を嗅ぎながら、うっとりと快感の余韻を味わったのだった。

3

「じゃ、二人一緒にオシッコしてね」

バスルームで身体を流してから、志郎は床に座って言い、左右に亜弥と澄香を立たせて肩を跨がらせた。

二人も心得ているように、彼の顔に向けて股間を突き出し、自ら指で割れ目を広げてくれた。

　志郎は左右に顔を向け、それぞれの割れ目を舐めたが、どちらも濃厚だった匂いが薄れ、それでも新たな愛液が溢れて舌の動きを滑らかにさせた。

「アア、出そう……」

　澄香が言って下腹をヒクヒク震わせると、亜弥も慌てて息を詰め、尿意を高めたようだ。やはり二人きりと違い、他に女性がいると競争意識が湧き、後(おく)れを取るとさらに恥ずかしいのだろう。

　間もなく澄香の割れ目が蠢き、チョロチョロと熱い流れがほとばしってきた。

　志郎は顔を向けて舌に受け、味と匂いを堪能しながら喉に流し込んだ。

　すると、ようやく亜弥の割れ目からもポタポタと温かな雫が滴り、すぐに一条の流れとなって彼の肌に注がれてきた。

　そちらにも顔を向けて口に受けて飲み込むと、どちらも味と匂いは淡く控えめで実に抵抗なく喉を通過した。

　その間も澄香の流れが肌を温かく濡らし、口から溢れた亜弥のオシッコと合わさって、全身を心地よく這い回って勃起したペニスを浸した。

　やがて澄香の流れが治まり、あまり溜まっていなかったのか亜弥も放尿を終えた。

志郎は悩ましい残り香の中で交互に舌を這わせ、ポタポタ滴る雫をすすって柔肉を舐め回した。

「あん、もうダメ……」

亜弥が言って座り込み、澄香はまだ絶頂の余韻の中でうっとりと股間を突き出し、彼の愛撫を受け止めていた。

やがて三人で、もう一度シャワーを浴びて身体を拭き、また全裸のままベッドへと戻っていった。

「今度は亜弥が入れてもらって」

澄香が言い、勃起したままのペニスをしゃぶってヌメリを与えてくれた。

志郎も仰向けで愛撫を受け、唾液にまみれた幹をヒクヒク上下させた。

そして彼は顔に亜弥を跨がらせ、割れ目を舐めたが、もう充分すぎるほど大量の蜜にまみれていた。やはり澄香のオルガスムスを目の当たりにし、自分も感じたいと期待が高まっているのだろう。

舌を引っ込めると澄香もペニスから離れ、亜弥はすぐに移動して女上位で跨がってきた。

自分から割れ目を先端に押し当て、位置を定めて息を詰め、ゆっくりと膣口に受け入れながら腰を沈めていった。

たちまち、彼自身は滑らかな肉襞の摩擦を受け、ヌルヌルッと呑み込まれて完全に嵌まり込んだ。

「アアッ……！」

亜弥が顔を仰け反らせ、ぺたりと座り込んで股間を密着させた。

志郎も温もりと感触を嚙み締め、両手を伸ばして彼女を抱き寄せた。僅かに両膝を立てて尻を支え、すぐにもズンズンと股間を突き上げはじめると、

「ンン……」

添い寝した澄香が彼に唇を重ね、熱く鼻を鳴らして舌をからめてきた。

志郎は亜弥の顔も引き寄せ、混じり合った吐息を嗅ぎながら、また三人でネットリと舌をからめた。

二人も心得ているから、ことさら多めに唾液を垂らし、競い合うように彼の舌を貪り、さらに鼻筋や頰にも舌を這わせ、生温かな唾液でヌラヌラと顔中をまみれさせてくれた。

「アア……、いい気持ち……」

亜弥が喘ぎ、突き上げに合わせて腰を遣いはじめた。溢れる蜜が律動を滑らかにさ

せ、クチュクチュと淫らに湿った音も聞こえてきた。

志郎は澄香の割れ目もいじってやり、愛液に濡れた指で執拗にクリトリスを刺激してやった。

「ああ、またいきそう……」

澄香も、息を弾ませてクネクネと身悶えた。

彼は亜弥の愛液で股間をビショビショにしながら高まり、二人分の清らかな唾液を貪り、混じり合ったかぐわしい息を嗅ぎながら昇り詰めてしまった。

「く……！」

三度目ではあるが、大きな快感が全身を貫いて志郎は呻き、驚くほど大量のザーメンがドクンドクンと勢いよく柔肉の奥にほとばしった。

「あ、熱いわ、いく……、アアーッ……！」

噴出を感じた途端に亜弥が声を上ずらせ、ガクガクと狂おしいオルガスムスの痙攣を開始した。

志郎は収縮を強めた膣内で駄目押しの快感を得ると、ありったけのザーメンを出し尽くしたのだった。

満足しながら突き上げを弱めていくと、

「ああ……、すごい……」

亜弥もすっかり絶頂が得られるようになって声を洩らし、肌の強ばりを解くとグッタリともたれかかってきた。

「き、気持ちいいッ……！」

さらに澄香も、指の愛撫により絶頂を迎え、彼に肌を擦り付けながらヒクヒクと全身を震わせた。

亜弥の膣内はいつまでも息づき、刺激されたペニスが過敏にヒクヒクと震えた。

やがて三人が、それぞれの快感を味わい、志郎は二人分の悩ましい吐息を嗅ぎながら、うっとりと余韻に浸り込んでいったのだった。

4

「あ、誰か助けて。引ったくり……！」

歩いていた志郎は、声がした方を振り返ると、一人の女性が立ちすくみ、男が乗ったバイクがこちらに走ってきた。

ヘルメットのスモークシールドで顔は見えないが、とにかく志郎は正面に立ちふさがった。亜弥に本を貸してやろうと思い家を訪ねるところで、付近は川縁(かわべり)で人けのない場所だった。

「バカ、どけ!」

バイクの男が怒鳴ったが、志郎は左手でハンドルを握り、もう片方の手で男が持ったバッグを掴み、そのまま捻り上げた。

「うわ……!」

何と、声を上げた男はバイクごと一回転し、川の中に真っ逆さまに落ちていったのである。奈美子から授けられた怪力は、男をバイクごと放り投げるパワーを持っていたようだ。

もちろん志郎の手には、バッグだけが残っていた。

そこへ女性が息を切らして駆け寄ってきた。

「はい、取り返しました」

「だ、大丈夫ですか。あなたがバイクにぶつかったように見えたので……」

志郎がバッグを差し出して言うと、彼女は受け取りながら、恐る恐る川を見下ろした。浅い川でバイクは半分沈んでいるが、男が唸りながら岸に這い上がってきた。

「ちくしょー! 何でこうなったんだ……!」

男は、恐らくあちこち骨折しているだろうが、声だけは元気だった。

「立ちはだかったら、バイクがよけようとして自分から川に落ちました。あれ？　安藤さんですか？　亜弥ちゃんのママの」

女性の顔を見て、志郎は言った。見覚えのある顔である。

「まあ、確か……」

「ええ、二級上の水無月です。去年の高校文化祭でご挨拶しました」

志郎が思い出して言うと、やはり亜弥の母親である佳代子だった。そして、まだ四十歳前の彼女も笑顔になった。

昨秋、志郎も母校の文化祭に行き、亜弥が参加している文芸部の出し物を見に行ったのだ。そこに佳代子も来ていて挨拶したのである。

亜弥に似て上品に整った顔立ちで、色白で巨乳。奈美子が濡れ女なら、佳代子は弁天様の化身のようだった。

「行きましょう。ちょうど亜弥ちゃんに本を届けるところだったんです。別に訴えなくていいですよね。バイクの奴も大怪我で懲りたでしょうし」

「ええ、バッグが戻ったので」

言うと佳代子も答え、川に落ちた奴は放っておき、一緒に歩いて住宅街に入っていった。

「銀行から、お金を下ろしたばかりなので助かりました」

ようやく彼女も呼吸を整えたが、生ぬるく甘ったるい匂いが感じられた。

「水無月さんのことは、亜弥から聞いてます。大学でも同じサークルに入れて嬉しいって」

佳代子が言い、家に着いて鍵を開けた。

「あいにく亜弥は、今日は遅くなるって連絡がありました。でもお茶をどうぞ。お礼をしないと」

「いえ、本だけ置いていきますので」

志郎はショルダーバッグから本を出して言ったが、結局家に上がり込んでリビングに招かれた。佳代子は甲斐甲斐しくキッチンで冷たいものを淹れてくれ、やがてソファの向かいに座った。

「亜弥は、ずいぶん水無月さんのことを好きなようだけど、お付き合いしているんですか？」

佳代子が、切れ長の眼差しを向けストレートに訊いてきた。

「いえ、まだ同じサークルというだけですし、それに僕はまだ何も知らないので、どうして良いかも分からないんです」

「まあ、亜弥も何も知らないだろうから、それじゃ困りますね」

佳代子が言う。どうやら女の勘を働かせても、彼女はまだ亜弥が無垢だと思い込んでいるようだ。

この二階で亜弥が処女を失い、ここのバスルームでオシッコプレイをし、さらに澄香と3Pまでしたなどと知ったら、佳代子は一体どんな顔をすることだろう。

「今まで彼女とかは？」

「いえ、消極的でして、まだ誰とも付き合っていないんです」

訊かれて、志郎は無垢を装った方が良い展開になる気がし、モジモジと答えた。

実際彼の見た目は、真面目で大人しげな印象である。

「でも、経験しておかないと戸惑うでしょうね」

「ええ、年上の小母様が教えてくれるのが一番有難いのですが」

そう言うと、急に佳代子の眼差しが熱っぽく変化した。あるいは奈美子にもらった能力は、怪力だけでなく男の魅力も増幅しているのかも知れない。それは、真沙江などとの体験からも思い当たるのだった。

「まあ、私でも良いのかしら……」

「もちろん、それが一番嬉しいです」

「ど、どうしましょう。急にドキドキしてきたわ……」

「どうかお願いします」

志郎は懇願した。きっと亜弥の母親だから淫気は旺盛で、忙しい夫とも疎遠になっているはずだ。

「じゃ、こっちへ来て……」

佳代子は、本当に緊張しているように震える声をかすれさせ、立ち上がった。

あるいは夫以外を知らないのかも知れない。

階下にある夫婦の寝室に招かれると、セミダブルとシングルベッドが並んでいた。

「あの、僕さっきシャワーを浴びて出てきたばかりですので」

「そう、私は急いで浴びてくるから、脱いで待っていて」

「いえ、今のままの方が」

当然ながら志郎は彼女を引き留め、ブラウスのボタンに手をかけた。

「まあ、朝から外にいて、動き回っていたのだけれど。それに今日は暑かったし」

「自然のままの匂いを知るのが、長い憧れでしたから」

ボタンを外しはじめながら言うと、

「まあ、困ったわ。汗かいていて恥ずかしいのに……」

佳代子は言いながらも彼の力の影響によるものか、やはり待ちきれなくなったように、途中から自分で脱ぎはじめてくれた。

それを見て安心した志郎は離れ、手早く全裸になってゆき、彼女のものであろうシングルベッドの方に横たわった。やはり枕には、熟れて甘ったるい匂いが濃厚に沁み付いていた。

いったん決意したら、もうためらいなく佳代子も脱いでゆき、見る見る白い熟れ肌を露わにして甘ったるい匂いを揺らめかせた。

思った通り、巨乳が形良く弾み、最後の一枚を脱ぎ去ると、彼女は急いで添い寝してきた。

カーテンは二重に引かれているが、夏間近の陽射しがあって充分に明るく、観察に支障はなかった。

「ああ、嬉しい……」

志郎は感激と興奮に声を洩らし、甘えるように腕枕してもらった。

腋の下に鼻を埋めると、そこは奈美子とは違い手入れされてスベスベだった。

しかし生ぬるく湿ったそこは、ミルクのように甘ったるい汗の匂いが濃く籠もっていた。

「いい匂い」

「あう、ダメ……」

嗅ぎながら言うと、佳代子が羞恥にビクリと身を強ばらせて呻いた。

志郎は嗅いで胸を満たしながら、息づく巨乳に手を這わせ、顔を移動させてチュッと乳首に吸い付いた。

「アア……！」

佳代子が熱く喘ぎ、夢中になって彼の顔を両手で抱きすくめた。

顔中が柔らかな膨らみに埋まり込み、彼は心地よい窒息感に噎せ返りながら夢中で舌で転がし、もう片方も揉みしだいた。

次第に彼女も喘いで仰向けになっていったので、自然に志郎も上からのしかかる形になり、左右の乳首を交互に含んで舐め回した。

手ほどきしてもらうつもりだったのだが、あまりに彼女が喘いで受け身体勢になっているので、彼も白く滑らかな熟れ肌を舐め降りていった。

臍を舐め、腹部に顔を押し付けると心地よい弾力が返ってきた。

ピンと張り詰めた下腹から豊満な腰をたどり、ムッチリした太腿から脚を舐め降りていった。

おそらく佳代子も、真沙江と同じく隅々までの愛撫など受けていないのだろう。

スベスベの脛から足首、足裏に回って踵から土踏まずを舐めると、彼女はくすぐったそうにクネクネと身をよじった。

形良く揃った指の間に鼻を押し付けると、やはり歩き回っていたし、引ったくりの恐怖でさらに汗ばみ、そこはムレムレの匂いが濃く沁み付いていた。

志郎は蒸れた匂いを貪って鼻腔を満たし、爪先にしゃぶり付いて順々に指の股に舌先を割り込ませて味わった。

「あう、ダメ、何してるの、汚いのに……」

驚いた佳代子が、子供かペットの悪戯でも叱るように言ったが、身体の方は力が抜けて拒むことはしなかった。

志郎は両足とも爪先をしゃぶり、全ての指の間を味わい尽くした。

そして大股開きにさせて脚の内側を舐め上げ、白く滑らかな内腿をたどって股間に迫っていった。

近づくと、籠もる熱気と湿り気が熟れた匂いを含んで彼の顔を包み込んだ。

ふっくらした丘には黒々と艶のある恥毛がふんわりと茂り、肉づきが良く丸みを帯びた割れ目からはみ出す陰唇は、綺麗なピンク色で、ヌメヌメと清らかな愛液に潤っていた。

「ね、指で広げて見せて」

「そ、そんなところ、見なくていいのよ……」

「でも、初めてだから」

無垢を装って言うと、佳代子も両手を股間に当て、人差し指でグイッと陰唇を左右に広げてくれた。

「わあ、綺麗な色だ……」

志郎は艶めかしさに目を見張って言い、かつて亜弥が産まれ出てきた膣口の襞を確認した。ポツンとした尿道口もはっきり見え、包皮の下からツンと突き立つクリトリスは、小指の先ほどの大きさで真珠色の光沢を放っていた。

「ね、オマ×コお舐めって言って」

「そんなこと言えないわ。絶対に……」

股間から言うと、佳代子は声を震わせて答えた。すでに敏感な部分に彼の熱い視線と息を感じ、朦朧となっているのだろう。

時間もかかるので言わせるのは断念し、彼は割れ目に顔を埋め込んでいった。

柔らかな恥毛に鼻を擦り付けて嗅ぐと、やはり甘ったるい汗の匂いと、ほのかな残尿臭の成分が蒸れて籠もり、悩ましく鼻腔を刺激してきた。

「いい匂い」

「あう……！」

ことさらにクンクンと鼻を鳴らして嗅ぎながら言うと、佳代子が呻いて息を詰め、反射的にキュッときつく内腿で彼の両頬をきつく挟み付けてきた。

志郎は豊満な腰を抱え込み、四十路手前の美熟女の匂いで鼻腔を満たしながら、そろそろと舌を挿し入れていった。

柔肉を彩るヌメリは淡い酸味を含み、舌の動きをヌラヌラと滑らかにさせた。

膣口の襞を搔き回し、ヌメリを掬い取りながらクリトリスまで舐め上げていくと、

「アアッ……！」

佳代子が激しく声を上げ、ビクリと顔を仰け反らせながら内腿に力を込めた。

チロチロと舐めながら見上げると、白い下腹がヒクヒクと波打ち、巨乳の間に仰け反る色っぽい顔が見えた。

舐めるたびに、新たな愛液が泉のように湧き出してきた。

さらに彼女の両脚を浮かせ、形良い尻の丸みに迫ると、谷間には綺麗な薄桃色の蕾

がひっそり閉じられていた。

鼻を埋めると、顔中に弾力ある双丘が密着し、蒸れた汗に混じる秘めやかな匂いも感じられ、悩ましく鼻腔を刺激してきた。

充分に嗅いでから舌を這わせ、息づく襞を濡らしてヌルッと潜り込ませると、

「あう、ダメ……！」

佳代子が呻き、キュッと肛門で舌先を締め付けたが、もうあまりの刺激と興奮で、何をされているかもよく分かっていないようだった。

志郎は内部で舌を蠢かせ、淡く甘苦く滑らかな粘膜を探り、出し入れさせるように愛撫した。

充分に味わってから脚を下ろし、再び割れ目に戻って大洪水の愛液をすすり、クリトリスに吸い付くと、

「も、もう止めて、変になりそうよ……」

佳代子が絶頂を迫らせたように、声を上ずらせて言いながら腰をくねらせた。

志郎もすっかり味と匂いを覚えてから顔を離し、股間を這い出して熟れ肌に添い寝していった。

そして佳代子の手を握り、勃起したペニスに導くと、彼女もやんわりと手のひらに

包み込み、ニギニギと動かしてくれた。

　生温かな手のひらはほんのり汗ばんで柔らかく、彼自身は美熟女の手の中でヒクヒクと歓喜と快感に震えた。

5

「すごいわ、こんなに硬く大きく……」

　佳代子が言うので、志郎が顔を股間に押しやると、彼女も素直に移動していった。大股開きになると彼女はためらいなく真ん中に陣取るように腹這い、股間に白い顔を迫らせてきた。

「ここから舐めて」

　志郎は自ら脚を浮かせて抱え、尻を突き出して言った。

「僕は洗ったばかりだから」

「わ、私のは汚れていた？」

「ううん、色っぽい匂いがしていたから大丈夫」

「ああ……」

彼が言うと、佳代子が羞恥に息を震わせた。

そして自分から舌を伸ばして彼の尻の谷間を舐め回し、濡れた肛門にヌルッと舌先を潜り込ませてきた。

「あう、気持ちいい……」

志郎はモグモグと肛門で美熟女の舌を締め付けると、彼女も滑らかに内部で蠢かせてくれた。あまり長くしてもらうと申し訳ないので、適当に脚を下ろし、

「ここも」

言って陰嚢を指すと、佳代子もヌラヌラと舌を這わせて睾丸を転がしてくれた。

熱い息が股間に籠もり、さらにせがむように幹をヒクつかせると、佳代子も身を乗り出し、肉棒の裏側をゆっくり舐め上げてきた。

滑らかな舌が先端に来ると、粘液の滲む尿道口がチロチロと舐められ、張り詰めた亀頭がパクッと含まれた。

「ああ、気持ちいい。深く入れて……」

快感に喘ぎながら言うと、佳代子も丸く開いた口でスッポリと喉の奥まで呑み込んでいった。

「ンン……」

先端で喉の奥を突かれた佳代子が小さく呻き、幹を締め付けて吸い、口の中ではクチュクチュと滑らかに舌をからめてくれた。

震える肉棒は、美熟女の生温かな唾液にまみれ、彼が下からズンズンと股間を突き上げると、佳代子も顔を上下させ、濡れた口でスポスポと摩擦してくれた。

「い、いきそう。跨いで上から入れて……」

すっかり高まった志郎が言うと、佳代子もスポンと口を引き離して顔を上げた。

そしてそろそろと前進し、ぎごちなく彼の股間に跨がってきた。やはり女上位など滅多にしていないのだろう。

それでも欲望に突き動かされるように、自分から割れ目を先端に押し付け、指を添えてやっとの思いで膣口に受け入れていった。

ゆっくり腰を沈み込ませていくと、張り詰めた亀頭が潜り込み、あとは滑らかにヌルヌルッと根元まで嵌まり込んだ。

「アアッ……！」

佳代子が顔を仰け反らせて喘ぎ、彼の胸に両手を突っ張って上体を反らせた。

肉体の感覚以上に、初めて不倫をしたという感慨が大きいようだ。

志郎も、股間に重みと温もりを受け止め、肉襞の摩擦と息づくような収縮を嚙み締めた。

（とうとう母娘の両方と……）

彼は思った。すでに奈美子と澄香の母娘ともしているが、彼女たちはあやかしかも知れないので、ようやく人間の母娘を体験した思いだった。

志郎は両手を伸ばし、硬直している佳代子を抱き寄せた。

彼女もゆっくり身を重ね、志郎の胸に巨乳を密着させてきた。

彼は両膝を立て、下から両手でしがみつきながら、ズンズンと小刻みに股間を突き上げはじめた。

「アア……」

佳代子が熱く喘ぎ、締め付けを強めてきた。

形良い唇が開かれて白く滑らかな歯並びが覗き、その間から熱く洩れる吐息は湿り気を含み、やはり奈美子に似た白粉のような甘い刺激を含んでいた。

顔を抱き寄せてピッタリ唇を重ね、舌を潜り込ませて滑らかな歯並びを舐めると、彼女も歯を開いて侵入を受け入れ、チロチロと舌をからみ合わせてくれた。

滑らかに蠢く舌は、生温かな唾液に濡れて実に美味しかった。

「唾を出して……」

突き上げを強めながら囁くと、大量の愛液ですぐにも律動が滑らかになり、クチュクチュと淫らに湿った摩擦音も聞こえてきた。

「で、出ないわ……」

「少しでいいから」

せがむと、佳代子も懸命に唾液を分泌させ、トロトロと生温かな唾液を口移しに注いでくれた。それを味わい、うっとりと喉を潤すと、彼も快感を高めて動きを激しくさせていった。

「アア……、すごいわ、奥まで届く……」

佳代子が喘ぎ、合わせて腰を遣いはじめた。収縮が高まり、彼女も絶頂が迫っていることが分かった。

「ね、オマ×コ気持ちいいって言って」

「い、言えないわ、そんなこと……」

「でも気持ちいいでしょう？　一緒にいきたいので、どうか言って」

焦らすように突き上げに緩急を付けて言うと、

「あう、お願い、もっと突いて……、オ、オマ×コ気持ちいい、アアッ……！」

口走るなり、膣内の収縮が最高潮になり、彼女はガクガクと狂おしいオルガスムスの痙攣を開始してしまった。

志郎も、激しい快感に全身を貫かれ、続いて昇り詰めた。

「い、いく……！」

言うと同時に、熱い大量のザーメンがドクンドクンと勢いよく内部にほとばしり、奥深い部分を勢いよく直撃した。

「ヒッ……、す、すごいわ……！」

噴出を受けた佳代子は、駄目押しの快感を得て息を呑み、あとは激しく股間を擦り付け続けた。

志郎も快感に身悶え、美熟女の喘ぐ口に鼻を擦り付け、唾液のヌメリと吐息の匂いに包まれながら、心置きなく最後の一滴まで出し尽くしていった。

突き上げを弱めながら力を抜いていくと、

「ああ……、こんなの初めて……」

佳代子も満足げに声を洩らすと、熟れ肌の強ばりを解いてグッタリと遠慮なく彼に体重を預けてきた。

まだ収縮する膣内に刺激され、過敏になった幹がヒクヒクと中で跳ね上がった。

「あう、もうダメ、暴れないで……」

佳代子もすっかり敏感になっているように呻き、幹の震えを抑えつけるようにキュッときつく締め上げてきた。

志郎は重みと温もりを受け止め、彼女の吐き出す白粉臭の息を胸いっぱいに嗅ぎながら、うっとりと快感の余韻を嚙み締めたのだった。

やがて呼吸が整わないまま、佳代子はそろそろと股間を引き離してゴロリと横になり、初めての不倫と大きな絶頂の余韻にしばし動けないようだった。

「ね、お風呂へ連れて行って……」

彼女が言うので志郎も支え起こし、ベッドを下りて寝室を出た。

バスルームに入るとシャワーの湯を出して互いの全身を洗い流し、ようやく佳代子もほっとしたように椅子に座り込んだ。

「有難うございました。おかげで女体の仕組みも分かりましたので」

「ええ……、上手すぎるわ。もう誰が相手でも大丈夫よ……」

言うと彼女も答え、志郎はもちろん例のものを求めてしまった。

「あと一つだけ知りたいことがあるので」

彼は言って佳代子を立たせ、自分は床に座り込んだ。

「オシッコ出るところ見たいです。少しでいいから出して」

志郎は言って彼女の股間に顔を埋め、舌を挿し入れた。大部分の匂いは薄れてしまったが、また新たな愛液が溢れはじめた。

「あう、そんなこと出来ないわ……」

佳代子は尻込みしたが、愛撫による快感と彼の持っているパワーに、従わざるを得ない状況になっていったようだ。

舐めている柔肉が迫り出すように盛り上がり、温もりと味わいが変化した。

「あう、出ちゃう、離れて……」

彼女が言うなり、チョロチョロと熱い流れがほとばしってきた。

それを舌に受け止め、志郎は控えめで上品な味と匂いを堪能し、うっとりと喉に流し込んでいった。

「ああ、ダメ……」

佳代子が腰をくねらせるたび、否応なく勢いを増した流れが揺らいだ。

間もなく出しきると、彼は残り香の中で滴る余りの雫をすすり、クリトリスに吸い付いて柔肉を舐め回した。

「アア……」

佳代子は喘ぎながら力が抜けて座り込み、新たな淫気を湧き上がらせたように息を弾ませた。

もちろん志郎も、一回の射精で気が済むはずもない。

やがてもう一度シャワーの湯を浴びてから身体を拭き、寝室に戻りながら、今度はどんな体位でしようかと彼は思ったのだった。

第六章　女体花盛りで快楽三昧

1

「『うしお荘』もいよいよオープン間際だから、今日は営業時と同じ感じでこの民宿を味わって、あとで感想を聞かせて下さいね」

奈美子が、集まった面々に言った。

もちろん志郎も呼ばれて来ていて、あとは華也子をはじめとする、水泳部の数人が一泊することになった。

もちろん真沙江も賄いをして、澄香は客ではなく奈美子の手伝いに回るようだ。

水泳部の者が中心なので亜弥は来ておらず、華也子の他に三年生の三人が二階の部屋に一泊するらしい。

集まったのは夕方近い頃合いだが、今日明日は練習もないので、四人はプールには浸かっていないようだ。

さすがに女性ばかりだと、集合したリビングにも女たちの匂いが混じり合い、甘ったるく立ち籠めて、その刺激が激しく志郎の股間に伝わってきた。

「じゃ、お世話になります」

華也子が言い、女子大生たち四人が二階に上がっていったので、志郎も二階の部屋に入ってみた。

彼女たちは二人ずつ二部屋に分かれ、志郎が部屋に入るとベッドが二つ並び、窓からは海と江ノ島が見えた。

奈美子に聞くと、すでに七月からの予約は埋まりはじめているらしい。澄香がホームページを立ち上げ、もう宣伝と予約受付は開始しているのだ。

奈美子と澄香が客と関わるのは夕食までで、あとは客に任せ、風呂もリビングも自由に使用させて、彼女らは住居の方に引っ込むらしい。そして真沙江も、洗い物を終えれば帰ってしまうのだ。

すると夕食後の今夜は、志郎と女子大生四人だけということになる。

そう思っていると、彼の部屋に三年生の三人が入ってきた。

みな二十歳で、プロポーションの良い美形ばかりである。当然、もう処女は一人もいないようだった。

全員、動きやすいお揃いのジャージに着替えていた。

「初めまして。男子がいて嬉しいわ」

彼女たちが挨拶し、自己紹介した。

みな志郎と同じ学年で、水泳部らしくスッピンの健康美に溢れている。

長身の子が佐希、小柄だが気の強そうな子が早苗、ソバカスのある洋風の美形が珠代と名乗った。

「よろしく、水無月志郎です」

「華也子さんから聞いたけど、見かけによらず強いんですって？　力も性欲も」

「うわ、そんなこと聞いたんですか」

聞いているなら話も早そうで、志郎は期待に股間を疼かせてしまった。

「今夜、三人がかりで好きにしてもいいかしら」

三人のリーダー格らしい佐希が、熱っぽい眼差しで言った。

「ええ、華也子さんが加わって四人でも構いませんからね」

「わあ、頼もしいわ」

「でも一つ条件があります。入浴は、何もかも済んでからにして下さいね」

志郎は、ムクムクと勃起しながら前もって言っておいた。

「え？　だって今日は水には浸かっていないけど、海岸で自主トレしてきて汗かいてるわ」

「匂いが濃くないと燃えないので」

「わあ、もしかして匂いフェチ」

三人は笑い、生ぬるく甘ったるい匂いが漂った。

「それから、出来ればシャワートイレや夕食後の歯磨きもナシで。自然のままの方が良いので」

「ケアしないでするなんて初めてだわ……」

志郎の言葉に三人は、抵抗感を湧かせるよりも、ゾクゾクと興奮を高めはじめたようだった。

やがて階下から呼ばれ、一同は食堂に下りて夕食を囲んだ。

全員成人しているのでビールで乾杯し、唯一未成年の澄香は手伝いをしていた。

豪華な料理をつまみ、話題のほとんどは水泳部のことで、たまに志郎にも話が振られた。

皆あまりアルコールは強くないようで、ビールが済むと料理に専念した。

真沙江の料理はなかなかのものであった。

奈美子と澄香も混じって食事をし、やがて済むと真沙江が食後のコーヒーを淹れてくれ、片付けを終えると彼女は帰っていった。

「じゃ、あとはお任せするので自由にして下さいね」

奈美子が言い、澄香と一緒に住居の方へ引き上げていった。澄香も、同じ水泳部だから一緒にいたいようだが、今日は民宿開業時と同じにするため、我慢して自室に引き上げていった。

もう自分たちだけなので、裸で歩き回ろうと自由である。

「じゃ、僕はお風呂に入ってきますので」

「ずるいわ。自分だけ。じゃ二階で待っているわね」

志郎が言って立ち上がると、彼女たちはそう言いながらも二階へ上がっていった。

彼は脱衣所で全裸になり、広い大浴場に入った。もちろん自分だけは綺麗にしておきたかった。

志郎は手早く身体を洗い、放尿も済ませ、ゆっくり湯に浸かりながら歯を磨いた。

そして出ると、身体を拭いて腰にバスタオルだけ巻き、脱いだものは手に持って二階に上がっていった。

　まず自室に入って服を置くと、すかさず彼女たちが待ちかねたように入ってきた。

「この部屋でしましょう。とにかく寝てね」

　佐希が言って、三人はジャージを脱ぎはじめた。たちまち三人分の熱気が混じり合い、室内に生ぬるく立ち籠めた。

　華也子は、やはり一対一の方が良いのか、今回は部屋に残っているようだ。

　志郎も腰のタオルを取り去り、ベッドに仰向けになった。

「すごいわ。ピンピンに勃ってるわ。ね、してほしいことある？」

「足の指を嗅ぎたい」

「わあ、最初から変態ぽいわ。顔踏んでいいの？」

　佐希が言い、全裸でベッドに上がり、彼の顔の横にスックと立ってきた。

　さらに早苗と珠代も、惜しみなく全裸を晒して顔の横に立ち、志郎の顔中は三人分の熱気に包まれた。

　やはり佐希が率先して片方の足を浮かせ、そっと彼の顔に乗せると、他の二人も同じようにしてきた。

　先日の、澄香と亜弥による３Ｐも夢のような体験であったが、相手が三人となるとさらに贅沢で、しかも初対面の美女たちに彼は激しく興奮した。

逆に初対面だから恋愛は関係なく、欲望のみの関係が小気味よかった。

「ああ、変な感じ……」

志郎の頭上で、三人が身体を支え合いながら声を弾ませ、たまにバランスを取るためギュッと踏みつけてきた。

彼は三人分の足裏に舌を這わせ、それぞれにムレムレになった指の間の濃い匂いを嗅ぎ、順々に爪先にしゃぶり付いていった。

「あう、くすぐったいわ……」

「こんなことされるの初めて……」

三人が口々に言い、彼は念入りに全員の指の股を舐め、汗と脂の湿り気を貪った。

足を交代させると、さらに新鮮な味と匂いを堪能することが出来た。

「オチ×チンがピクピクしてる。本当に嫌じゃないのね」

三人が、常に志郎のペニスを観察しながら言い、彼も足指をしゃぶり尽くした。

「じゃ、順々に顔に跨がってしゃがんで」

「わあ、舐めてくれるのね」

真下から言うと佐希が答え、ためらいなく彼の顔に跨がって和式トイレスタイルでしゃがみ込んできた。

スラリと長い脚がM字になり、引き締まった内腿がさらにムッチリと張り詰め、すでに濡れはじめている割れ目が鼻先に迫った。

やはり手入れされた恥毛は薄く、綺麗な割れ目からはみ出す花びらはピンクで、僅かに開いてヌメヌメする柔肉と、光沢あるクリトリスが覗いていた。

抱き寄せる前に、佐希は自分からギュッと股間を彼の顔に押し付けてきた。

志郎は柔らかな茂みに籠もる、生ぬるく濃厚な汗とオシッコの匂いに噎せ返り、舌を挿し入れて膣口の襞をクチュクチュ掻き回した。

淡い酸味のヌメリが舌の動きを滑らかにさせ、そのままクリトリスまで舐め上げていくと、

「アアッ！　いい気持ち……」

佐希が熱く喘ぎ、そんな様子を左右から二人が目を輝かせて覗き込んでいた。

充分にクリトリスを舐め、愛液をすすってから彼は尻の真下に潜り込み、顔中に双丘を受け止めながらピンクの蕾に鼻を埋め込んだ。

そこも蒸れた汗の匂いに混じり、秘めやかで生々しい微香が籠もり、悩ましく鼻腔を刺激してきた。

どうやら三人とも約束を守り、シャワートイレは使っていないようだった。

胸いっぱいに嗅いでから舌を這わせ、細かに震える襞を濡らしてヌルッと潜り込ませると、

「あう……」

佐希が呻き、キュッと肛門で舌先を締め付けてきた。志郎も中で舌を蠢かせ、滑らかな粘膜を存分に味わったのだった。

2

「すごい、お尻の穴を舐めてるわ……」

「恥ずかしいけど、どんな気持ちかしら……」

覗き込んでいる早苗と珠代が言うので、やはり今までの彼氏たちは隅々まで舐めないダメ男どもだったらしい。

やがて志郎が舌を引き離すと、ようやく佐希が腰を浮かせて離れた。本当はもっと舐めてもらいたいだろうが、二人も待っているのだ。

すると気の強そうな早苗が跨がり、割れ目を迫らせ、ややぽっちゃりした内腿が量

感を増して彼の顔に覆いかぶさった。

　ぷっくりした恥丘には楚々とした恥毛が茂り、割れ目からはみ出す陰唇は、佐希に負けないほどヌラヌラと大量の愛液に潤っていた。

　茂みに鼻を埋め込んで嗅ぐと、甘ったるい汗の匂いが大部分を占め、それにほのかな残尿臭と、ヨーグルト系の恥垢臭も混じって鼻腔を刺激してきた。

　舌を挿し入れてヌメリを味わい、膣口からクリトリスまで舐め上げると、

「ああ、いい……！」

　早苗は喘ぐなり、しゃがみ込んでいられず彼の顔の左右に両膝を突いた。

　すると佐希が屈み込み、いきなりペニスにしゃぶり付いてきたのだ。

　志郎は唐突な快感に身悶え、温かく濡れた口の中で幹を震わせながら、早苗のクリトリスに吸い付いた。

　尻の真下にも潜り込んで弾力ある丸みを顔に受け、谷間の蕾に鼻を埋めると、やはり蒸れた匂いが籠もっていた。

　微妙に違う匂いで、いかにも複数の女性を相手にしているかが実感され、彼は舌を這わせてヌルッと潜り込ませた。

「あう、いい気持ち……」

早苗が呻き、キュッときつく肛門で舌先を締め付けた。

その間も、佐希がスポスポとペニスを含んで摩擦してきたが、まだ暴発させるには早いと思ったか、口を離して志郎の脚を浮かせ、彼の肛門を舐め回してくれた。

「ずるいわ、自分ばっかり綺麗にして……」

佐希が言いながら、ヌルッと潜り込ませた。

「く……」

志郎は妖しい快感に呻き、モグモグと長身美女の舌先を肛門で締め付けながら、執拗に早苗の前と後ろを貪った。

ようやく早苗が股間を引き離すと、最後に珠代が跨がり、しゃがみ込んで割れ目を迫らせてきた。

何と珠代の股間はつるりとした無毛で、割れ目が丸見えになっていた。

脱毛しているのか、こうした体質かは分からない。だからあまり匂いも籠もらず、ほのかに蒸れた汗の匂いが感じられるだけだった。

しかし割れ目内部は大量の愛液にまみれ、突き立ったクリトリスも実に大きめで、澄香に匹敵するぐらいあった。

志郎は舌を這わせて愛液をすすり、大きめのクリトリスにチュッと吸い付いた。

「アアッ、いい気持ち……」

最も大人しげな美女が喘ぎ、ヒクヒクと下腹を波打たせた。

すると早苗が、佐希と一緒に志郎のペニスに顔を寄せ、混じり合った吐息を熱く籠もらせながら亀頭にしゃぶり付いたのだ。

佐希は彼の脚を下ろして肛門から陰嚢に舌を移し、早苗と一緒に息を弾ませて貪った。

志郎は珠代のクリトリスを味わい、尻の真下に潜り込んだ。

「あう、そこは舐めなくていいわ……」

珠代が言ったが、彼は間近に観察すると、ピンクの蕾は出産後の真佐江に似て、レモンの先のように突き出た艶めかしい形状をしていた。珠代は、それが恥ずかしかったようだった。

ハーフっぽい顔立ちで人形のような美女のクリトリスが最も大きく、やや脱肛気味というのは、本当に見てみなければ分からないものだ。

むしろ彼はギャップ萌えで鼻を埋め、蒸れた微香を嗅いでから舌を這い回らせていった。

「く……！」

ヌルッと舌を潜り込ませて甘苦く滑らかな粘膜を探ると、珠代が熱く呻いてキュッと肛門を締め付けてきた。

ペニスは二人がかりでしゃぶられていたが、志郎も味わうことに専念しているので暴発の心配はなさそうだった。

しかし佐希が顔を上げ、

「先に入れるわね」

そう言って跨がってきたのだ。二人分の唾液にまみれた先端に割れ目を押し付けると、息を詰めてゆっくり座り込んできた。

屹立したペニスは、ヌルヌルッと心地よい肉襞の摩擦を受けながら、たちまち熱く濡れた柔肉の奥まで呑み込まれていった。

「アアッ、いいわ……！」

佐希が完全に股間を密着し、キュッときつく締め上げながら喘いだ。

そして早苗が離れたので、佐希は彼の顔に座っている珠代の背にもたれかかった。

志郎は、顔と股間に美女たちの重みを受け、膣内でヒクヒクと幹を震わせて快感を味わった。

やがて珠代の前と後ろを充分に味わうと、彼女も離れ志郎の左右から早苗と挟み付けてきた。

佐希も完全に身を重ねてくると、志郎は上と左右からの肌触りと温もりに包まれ、僅かに両膝を立てて股間を突き上げはじめた。

「アア……、奥まで響くわ……」

佐希が喘ぎ、合わせて腰を遣いはじめた。

志郎は潜り込むようにして、佐希の形良い乳房に顔を埋め、感触を味わいながら乳首を含んで舐め回した。

左右の乳首を交互に吸い、さらに早苗と珠代にも胸を突き出させ、それぞれの乳首を順々に味わった。

乳房の大きさも感触も、乳首の色合いも皆微妙に違うが、女子大生三人分の生ぬるい体臭が甘ったるく彼を酔わせた。

全ての乳首を味わうと、さらに彼は三人の腋の下にも鼻を埋めて濃厚な汗の匂いを貪った。

「ああ、いっちゃう……、気持ちいいッ……！」

たちまち、動いていた佐希が声を上ずらせ、ガクガクと狂おしいオルガスムスの痙攣を開始した。

志郎は、まだ後が控えているから膣内の収縮と摩擦を堪えた。すると何とか、漏らさないで保つことができ、佐希がグッタリと力を抜いて体重を預けてきたのだった。

「ああ、すごかった。まだ硬いままだわ。感じすぎる……」

佐希が息も絶えだえになって言い、股間を引き離してゴロリと横になった。

すると早苗がすかさず跨がり、佐希の愛液にまみれているペニスを膣口に受け入れていった。

ヌルヌルッと根元まで嵌め込み、ピッタリと股間を密着させると、

「ああ、いい気持ち……！」

早苗が喘ぎ、味わうようにキュッキュッと締め付けながら身を重ねてきた。

また志郎は両膝を立てて弾力ある尻を支え、早苗と左右の二人の顔を抱き寄せた。

余韻で息を弾ませている佐希が、彼の頰に唇を押し付けてくると、珠代も反対側の頰にキスしてくれ、真上からは早苗が唇を重ねてきた。

これも実に贅沢なシチュエーションであった。

志郎は顔を左右に向けて、それぞれの唇を味わい舌をからめた。

いつしか彼の伸ばした舌に、上と左右から同時に舌を這わせて、四人が舌をからめることになった。

混じり合った唾液が生温かく彼の舌を濡らし、口に流れ込んできた。彼は小泡の多いミックス唾液を味わい、うっとりと喉を潤した。

三人の吐き出す息は熱く湿り気を含み、基本は甘酸っぱい果実臭だが、夕食の名残でオニオンやガーリック臭も混じり、何とも悩ましくブレンドされて鼻腔を刺激してきた。

「い、いきそう。顔に唾をかけて……」

ズンズンと股間を突き上げながら言うと、彼女たちも唇に溜めた唾液をペッと強く吐きかけてくれた。志郎は顔中ヌルヌルにされながら、唾液と吐息の匂いに激しく高まっていった。

「い、いきそう……！」

早苗も腰を遣い、大量の愛液を漏らしながら口走り収縮を強めた。

「く……！」

たちまち志郎は大きな絶頂の快感に貫かれ、熱い大量のザーメンをドクンドクンと勢いよく早苗の内部にほとばしらせてしまった。

「あう、気持ちいい……！」

噴出を感じた早苗も、呻きながらガクガクと狂おしい痙攣を開始し、どうやら大きなオルガスムスが得られたようだった。

志郎は摩擦の中で、心置きなく最後の一滴まで出し尽くして力を抜いた。

すると早苗も、満足げに硬直を解き、グッタリともたれかかってきた。

彼はキュッキュッと締まる膣内でヒクヒクと過敏に幹を震わせ、三人分の温もりを味わった。

そして三人の悩ましい匂いのする吐息を胸いっぱいに嗅ぎながら、うっとりと快感の余韻に浸り込んでいったのだった。

3

「やっぱり来ちゃったわ。声が聞こえるから……」

ドアが開き、華也子が入ってきて言った。

さらに窓からは、何とパジャマ姿の澄香まで忍び込んできたではないか。どうやら母娘の住居の二階とこちらは、屋根で行き来できるらしく、澄香は奈美子に気づかれないように来てしまったようだった。

(うわ、二人も増えた……)

志郎は五人の美女を見回し、心の中で嬉しい悲鳴を上げた。何しろ奈美子にもらったパワーで、少し休めば無限大に出来そうな気がするのである。

室内には、五人分の女子大生たちの熱気が、艶めかしい匂いを含んで充満した。

早苗が身を離してグッタリと横になると、珠代が屈み込み、愛液とザーメンにまみれたペニスをしゃぶってくれた。

そして華也子と澄香も全裸になって、順々に彼の顔に跨がってきたのである。

先に、元キャプテンで年長者の華也子がしゃがみ込み、志郎も余韻から冷めないうちに腰を抱き寄せて恥毛に鼻を擦り付けた。

やはり汗とオシッコの匂いが濃厚に沁み付き、彼は鼻腔を悩ましく刺激されながら割れ目に舌を這わせた。

華也子も、ずっと壁に耳を当てて聞いていたのか、すでに愛液が大洪水になり、淡い酸味のヌメリが舌の動きを滑らかにさせた。

膣口からクリトリスまで舐め上げると、

「アア……、いい気持ち……」

華也子が喘ぎ、ビクリと引き締まった内腿を震わせた。

尻の真下にも潜り込み、顔中に弾力ある双丘を受け止めながら、谷間の蕾に鼻を埋め、蒸れた匂いを貪った。

そして舌を這わせて襞を濡らし、ヌルッと潜り込ませて滑らかな粘膜を味わった。

「あう……」

華也子が呻き、モグモグと肛門で舌先を締め付けてきた。

その間も珠代がペニスをしゃぶり、佐希と早苗は隣のベッドで休憩していた。

やがて華也子が身を離すと、先輩に譲るべきか迷っている珠代に言った。

「いいわ、先に入れて」

華也子に言われると、すぐに珠代が身を起こして跨がり、座り込んで先端を膣口に受け入れていった。

ヌルヌルッと根元まで潜り込むと、熱いほどの温もりときつい締め付けが彼自身を心地よく包み込んだ。

「アアッ……！」

珠代が顔を仰け反らせて喘ぎ、澄香が彼の顔にしゃがみ込んできた。

志郎は、真下から若草に鼻を埋めて割れ目を舐めたが、澄香は、やはり奈美子の手前、母屋で入浴してしまったようだ。

湯上がりの匂いしかしないのが物足りなかったが、それでも舐めると先輩たちに負けないほど大量の蜜が漏れてきた。

澄香の前も後ろも舐めると、彼女もすっかり高まってから身を離した。

すると珠代が、腰を遣いはじめながら身を重ねてきた。

志郎も抱き留め、左右の華也子と澄香も引き寄せ、それぞれの乳首を舐め回し、腋の下にも鼻を埋めて匂いを貪った。

ズンズンと股間を突き上げると、珠代も心地よい摩擦と締め付けで応えた。

志郎は早苗の中で果てたばかりなので、珠代がいくまで保つことは出来るだろう。

彼は左右の華也子と澄香とも唇を重ね、舌をからめた。

華也子は花粉のような刺激を含んだ吐息に、やはり食後の濃厚な匂いも混じらせて、悩ましく彼の鼻腔を掻き回してきた。澄香は歯磨き後のハッカ臭がしていたが、これも大勢の中では新鮮に感じられた。

「い、いっちゃう……、あぁーッ……！」

たちまち珠代が声を震わせ、ガクガクと痙攣を開始した。

志郎は膣内の収縮にも負けず、彼女がグッタリするまで我慢しきった。

「アア……」

珠代が力尽きてもたれかかると、すぐに股間を離してゴロリと横になった。

「いいわ、澄香が先にして。私は最後がいい」

するとと華也子が言い、遠慮なく澄香が跨がってきた。

ヌルヌルッと根元まで受け入れると、

「アアッ……、いい気持ち……」

澄香が顔を仰け反らせて喘ぎ、キュッときつく締め上げてきた。

「ね、足を……」

志郎は澄香の温もりと感触を味わいながら、華也子に言って足首を摑んで引き寄せた。まだ嗅いでいないから、ちゃんと味わっておきたいのである。

「こう？」

華也子は言ってベッドの枕元に座り、両足とも彼の顔に乗せてくれた。

彼は美女の両足の裏を味わい、舌を這い回らせ、指の股の蒸れた匂いで鼻腔を刺激された。

匂いを感じるたび、澄香の内部にある幹がヒクヒクと歓喜に震えた。

澄香は彼の胸に両手を突っ張り、上体を反らせ気味にして腰を動かしはじめた。

大量の愛液が律動を滑らかにさせ、すぐにもクチュクチュと湿った摩擦音が聞こえてきた。

志郎も、華也子の爪先をしゃぶりながら股間を突き上げ、今日何人目かの膣内の摩擦を噛み締めた。

「い、いく……、アアーッ……！」

いくらも動かないうち、澄香が声を上ずらせてガクガクと痙攣を起こした。

もちろん志郎は昇り詰めることなく、硬度を保ったまま彼女の柔肉を突き続けた。

「も、もういい……」

すると澄香は声を絞り出し、すっかり満足したように動きを止め、股間を引き離していった。

澄香が場所を空けると、いよいよ元キャプテンの華也子が跨がり、全員分の愛液を吸ったペニスをヌルヌルッと膣口に受け入れ、ピッタリと股間を密着させてきた。

「ああ……、いい気持ち……」

華也子が喘ぎ、グリグリと股間を擦り付けてから身を重ねてきた。

志郎も温もりと潤い、締め付けを感じながら両膝を立て、下から両手でしがみついていった。

胸に乳房が擦り付けられて弾み、コリコリする恥骨の膨らみも伝わってきた。

すぐにも華也子が腰を動かしはじめたので、志郎もズンズンと突き上げた。

ピチャクチャと淫らな音が聞こえ、大量の愛液で互いの股間が生温かくビショビショになった。

上から華也子が唇を重ね、舌をからめると、すっかり淫気を回復させた佐希と早苗も来て、彼の顔中に舌を這わせてくれた。

さらに珠代と澄香も、合間に唾液を垂らしてくれ、志郎は顔中ヌルヌルにされながら、混じり合った五人分のかぐわしい吐息に高まっていった。

そして彼の爪先にしゃぶり付く者、左右の耳の穴に舌を挿し入れる者もいて、もう志郎は誰に何をされているかも分からなくなってきた。

「い、いく……、ああ、すごい……！」

たちまち華也子が声を震わせ、ガクガクと激しい痙攣を起こし、オルガスムスに達していった。

やはり連鎖反応なのか、誰もが急激に昇り詰めるようになっていた。

志郎も膣内の摩擦と収縮の中、激しい快感に昇り詰め、ありったけの熱いザーメンをドクンドクンとほとばしらせた。

「あう、いい……」

奥深い部分に噴出を感じた華也子が駄目押しの快感に呻き、さらにキュッときつく締め上げてきた。

志郎も心ゆくまで快感を味わい、最後の一滴まで出し尽くしていった。

満足した華也子が動きを止め、股間を引き離して横になると、何人かが粘液にまみれたペニスを舐め回し、残りは彼の顔中を舐め回してくれた。

「あうう、も、もういい……」

志郎は過敏に反応しながら腰をよじり、ヒクヒクと幹を震わせた。

そして美女たちの混じり合った唾液と吐息の匂いに包まれながら、うっとりと快感の余韻を味わったのだった。

4

「じゃ、みんなでオシッコ出してね」

民宿の広いバスルームで、全員が身体を流したあと、志郎は胸を高鳴らせながら、床に仰向けになって言った。

隅にクッション状のバスマットがあったので、それを敷いたのだ。

「まだ出来るの？　すごいわ……」

「本当、こんなに勃ってるし……」

彼女たちが口々に言いながら彼のペニスに熱い視線を注ぎ、取り囲んできた。

プロポーションの良い、五人もの美しい女子大生が、囲んで立って、自ら割れ目を広げて股間を突き出す様は実に壮観だった。

「あう、出るわ……」

やがて一人が言って熱い流れをほとばしらせると、残りの子も順々に放尿を開始して彼に注いできた。

志郎も、温もりと匂いに包まれているから、誰が最初でどういう順番かも分からないほど夢中になりながら、熱い流れを全身で味わった。

しかも流れが顔に集中するので、時に目や鼻に入って噎せ返ったが、それでも贅沢な悦びに包まれた。

みな匂いも味も淡いが、五人分ともなると濃厚に鼻腔が刺激され、とても飲みきれずほとんど浴びるだけとなった。

「ああ、変な気持ち……」

「こんなこと、一生に一度きりかも……」

佐希と早苗が言い、やがて順々に流れを治めていった。

志郎は濃い残り香の中で身を起こし、まだ濡れている割れ目を順々に舐めて余りの雫をすすった。

「もう歯を磨いてもいいわね」

佐希が言うと、澄香以外の四人は脱衣所に供えてあった歯ブラシを手にした。

「歯磨き粉を付けないで」

ハッカ臭だけになるのが嫌で志郎が言うと、みな素直に何も付けずにブラッシングしてくれた。彼は美女たちの口に溜まった歯垢混じりの唾液を飲ませてもらい、またゾクゾクと淫気を高まらせていった。

「汚いわ。こんなのが好きなの？」

珠代が眉をひそめて言いながらも、彼の口にトロトロと大量の唾液を吐き出してくれた。

普段からすれば、もう今日の射精回数は充分すぎるほどなのだが、やはり五人を相手にするなど一生に一度だろうから、もう一回ぐらい快感を得たかった。

相手が多いと回復も早いが、しかしもう一回すると、他の子もいるので一度で済まなくなるかも知れない。

それでも志郎は、自分のパワーの限界を知るためにも、とことん味わいたかった。

皆のオシッコと唾液を味わい、一同で湯に浸かってからバスルームを出ると身体を拭いて全裸のまま二階の部屋に戻った。

もう彼女たちの吐息からは、濃厚だったオニオンやガーリックの匂いは薄れてしまい、淡い果実臭が主になってしまったが、それでも五人分だからいくら嗅いでも飽きなかった。

彼女たちも、一人の男を貪るように、眠気も忘れて志郎を求めてきた。

そのあと、一体何回射精し、誰と交わったかも忘れ、いつしか志郎は深い眠りに落ちてしまったのだった……。


——翌朝、まだ日の出前の薄暗いときに志郎が目を覚ますと、全員が彼の部屋で雑魚寝(ざこね)して寝息を立てていた。

室内には多数の女子大生の体臭や吐息が充満し、朝立ちの勢いも手伝い、彼はすぐにも回復していった。

するとその気配に皆も順々に目を覚まし、また彼に群がってきた。

志郎も美女たちの、寝起きで濃くなった吐息に刺激され、また何人かと交わり、心地よい射精を繰り返したのである。

そしてまたバスルームで身体を流し、澄香は、また二階の屋根を伝って自室へと戻っていった。

やがて日が昇る頃に奈美子が民宿のほうにやって来ると、皆は何事もなかったようにリビングに下りたのだった。真沙江も早めに来て、また食事の仕度をしてくれ、一同は和気藹々と朝食を囲んだ。

食事を終えると皆は帰り支度のため、いったん二階に戻った。

志郎も、バッグ一つ持ってすぐに下りてくると、奈美子と澄香は母屋に戻っているようだった。

「男一人で良いことはあった？」

キッチンで洗い物をしていた真沙江が、艶めかしい眼差しで囁いてきた。

「いえ、特に何も」

「嘘、ずいぶん楽しめたのでしょう」

真沙江が言い、熟れ肌をすり寄せてきた。

志郎も、相手さえ変わればすぐにもムクムクと勃起してしまい、思わず彼女に唇を重ねてしまった。

「ンン……」

真沙江も熱く鼻を鳴らして舌をからめ、彼はエプロンの上から巨乳を揉みしだいて甘い刺激の吐息に酔いしれた。

そして彼がファスナーを下ろし、勃起したペニスを引っ張り出すと、真沙江もしゃがみ込んで先端にしゃぶり付いてくれた。

「ああ、気持ちいい……」

志郎は股間に熱い息を受けながら、快感に喘いだ。真沙江もスッポリと喉の奥まで呑み込んで吸い付き、ネットリと舌を蠢かせた。

しかし、奥から物音がすると真沙江はすぐに唇を離して身を起こし、志郎も急いで股間を収めた。

「今度時間があるとき、ゆっくりお願いね」

彼女が囁き、そっと彼の股間に触れてから洗い物に戻った。

やがて奈美子と澄香が出てきて、二階からも四人が下りてきた。

開業直前での民宿のお試しは、朝食を終えて少し休憩し、そこで解散となる。

片付けを終えた真沙江がコーヒーを淹れてくれ、一同は奈美子に訊かれるまま民宿の感想などを述べ合った。

もちろん不満などは一つもなく、足りないものや要望も特にないようだった。

った。

とにかく全員、目眩く大きな快楽の連続ばかりが強い印象に残っているに違いなか
そして真沙江が帰っていくと、四人の女子大生も帰ることになり、澄香も彼女らと一緒に出かけていくようだった。練習は今日も休みのようだが、大学でミーティングでもあるのだろう。

「お世話になりました」

「楽しかったです。有難うございました」

一同が挨拶して出てゆくと、志郎と奈美子の二人が残ったのだった。

「どうでした？　こんな感じで民宿をやっていこうと思っているのだけれど」

リビングで、奈美子が訊いてきた。

「ええ、いい感じです。夏休みになったら、きっと繁盛すると思いますよ」

志郎も正直に答えた。

海にも近くて景色は良いし、江ノ電で藤沢に出れば買い物も出来るし、鎌倉に出ればば観光も出来る。

「まだ心配？」

「い、いえ……」

妖しい眼差しで見つめて彼女が言うと、志郎も答えに戸惑った。

「あやかしが、なぜ人に化けて商売をするのか」

「ええ、長く人の暮らしを味わいたいのですか？」

「私たちは、人よりずっと寿命が長いけど、人は何度も生まれ変わるわ。私たちはそれを一度に味わえるだけ。何十年か民宿をして生活し、飽きれば海に戻るし、また気が向けば何か始めるわ」

「そうですか。羨ましいです」

「決して人に危害は加えないわ。かつてのように、子供と引き裂かれたり、村の人たちに虐（しいた）げられない限り」

「分かりました。安心しました。もらった力も有効に使いますので」

志郎が答えると、奈美子が立ち上がり、民宿の戸締まりをして回った。

「実はゆうべお風呂に入っていないのよ」

奈美子が、艶めかしい眼差しで言う。

どうやら二人きりになれるのを心待ちにし、彼が悦ぶように匂いを濃くさせてくれていたようだ。

「じゃ、お風呂場でしていいですか？」

志郎も激しく勃起しながら言い、二人で大浴場へと行った。

そして互いに手早く全裸になると、中に入っていった。

5

「まだ女の子たちの匂いが残っているわ……」

奈美子が言い、志郎もバスルーム内に立ち籠める、女子大生たちの濃厚な残り香を感じた。

「澄香の匂いもする」

やはり、あやかしは匂いにも敏感なようだった。

当然ながら奈美子は、志郎が女子大生全員と、さらに澄香としていることも知っているのだろう。

「済みません。せっかくのご好意で一泊させてもらったのに、色々としてしまって」

「ううん、することは承知しているので。私からの力で、相当に精力も強くなっているのだから」

「でも、どうかお仕置きして欲しいです」

志郎はゾクゾクと胸を震わせながら、またバスマットを床に敷き、その上に仰向けになった。

「じゃ好きにするわね」

奈美子は言い、巨乳を息づかせて彼の顔の横に立った。そして彼の性癖など充分にお見通しのように、足を浮かせて足裏を顔に乗せてきた。

志郎は美熟女の生温かな足裏を受け止め、舌を這わせた。指の股に鼻を割り込ませて嗅ぐと、汗と脂の湿り気とともに、今までで一番濃く蒸れた匂いが悩ましく鼻腔を刺激してきた。

胸いっぱいに嗅いでから爪先にしゃぶり付き、全ての指の間に舌を挿し入れて味わうと、

「アア……」

奈美子が熟れ肌を震わせて熱く喘いだ。

志郎が舐め尽くすと、奈美子は自分から足を交替し、彼も新鮮な味と匂いを貪り尽くしたのだった。

「跨いで……」

真下から言うと、奈美子が彼の顔の左右に足を置き、ゆっくりとしゃがみ込んでき

た。脚がM字になると白く滑らかな内腿がムッチリと張り詰め、肉づきの良い割れ目が鼻先に迫った。

熱気と湿り気が顔中を包み、僅かに陰唇が開いてヌメヌメと潤うピンクの柔肉と、光沢あるクリトリスが覗いていた。

腰を抱き寄せるまでもなく、彼女が自分からギュッと股間を押し付けてきた。

柔らかな恥毛が鼻を擦り、隅々に籠もった生ぬるい汗とオシッコの匂いが磯の香りに似て、悩ましく鼻腔を掻き回してきた。

胸を満たしながら舌を挿し入れ、淡い酸味のヌメリを掻き回し、膣口からクリトリスまで舐め上げていくと、

「アア……、いい気持ち……」

奈美子がうっとりと喘ぎ、ギュッと体重をかけて座り込んだ。

志郎は心地よい窒息感に噎せ返りながら、懸命にクリトリスを吸い、間から呼吸するたび、濃厚に熟れた女臭が鼻腔を刺激してきた。

生ぬるい愛液は泉のようにトロトロと溢れ、彼の顔半分を心地よく濡らした。

重みが和らいだので、白く豊満な尻の真下に潜り込み、顔中に柔らかな双丘を受け止めながら谷間の蕾に鼻を埋め込んで嗅いだ。

ピンクの蕾には蒸れて秘めやかな匂いが籠もり、悩ましく鼻腔を満たしてきた。

舌を這わせて襞を濡らし、ヌルッと潜り込ませて滑らかな粘膜を探ると、

「あう……」

奈美子が呻き、キュッときつく肛門で舌先を締め付けてきた。

志郎が舌を蠢かすと、割れ目から滴る愛液が鼻筋まで濡らした。

再び割れ目に戻ってヌメリをすすり、クリトリスを舐め回すと、

「も、もういいわ……」

彼女が言って腰を浮かせ、激しく勃起したペニスに顔を移動させてきた。

「ね、本来の姿を見てみたい……」

志郎は、思っていたことを口にしてしまった。濡れ女に戻った姿を一度見てみたかったのである。

「ダメよ」

奈美子は答えたものの、そのまま立ち上がってバスルームの灯りを消し、窓のブラインドも閉めて暗くした。

梅雨空でどんより曇っていたので、なおさら暗くなり、しかも間もなく雨音がしてきた。濡れ女に、雨は良く似合うような気がした。

再び戻ると、奈美子は薄暗い中で屈み込み、彼の股間に腹這いになった。

まず彼の両脚を浮かせて尻を舐め、熱い鼻息で陰嚢をくすぐりながら、ヌルッと舌先を潜り込ませてきた。

「あう……、気持ちいい……」

志郎は呻き、モグモグと味わうように肛門で美女の舌先を締め付けた。

奈美子が中で舌を蠢かすたび、内側から刺激されたペニスがヒクヒクと上下した。

ようやく脚が下ろされると、彼女はそのまま陰嚢を舐め回し、二つの睾丸を舌で転がした。

袋全体が生温かな唾液にまみれると、奈美子は身を乗り出して肉棒の裏側を舐め上げ、先端まで来ると粘液の滲む尿道口をしゃぶり、丸く開いた口でスッポリと根元まで呑み込んでいった。

「ああ……」

志郎が快感に喘ぎ、恐る恐る股間を見たが、薄暗い上に湯気が立ち籠め、彼女の表情は霞(かす)んでよく見えなかった。

「ンン……」

奈美子は先端で喉の奥を突かれて小さく呻きながらも、幹を締め付けて吸い、クチユクチュと舌をからめてくれた。

たちまち肉棒全体は温かな唾液にまみれて震え、さらに彼女は顔を上下させスポスポと強烈な摩擦を繰り返した。

「ああ、いきそう……」

志郎は、急激に絶頂を迫らせて喘いだ。

一晩中かけて、朝まで何度射精したか分からないのに、ペニスは最大限に膨張し、ヒクヒクと快感に脈打っていた。

ようやく奈美子がスポンと口を離して顔を上げ、前進してペニスに跨がってきた。先端に割れ目を押し付け、位置を定めると息を詰めてゆっくり腰を沈めた。彼自身はヌルヌルッと滑らかに根元まで飲み込まれ、彼女も完全に座り込んでピッタリと股間を密着させた。

「アア……、いいわ……」

奈美子が顔を仰け反らせて喘ぎ、志郎も肉襞の摩擦と温もり、潤いと締め付けを感じながら高まった。

彼女は何度かグリグリと股間を擦り付けてから身を重ねてきたので、志郎も下から両手を回してしがみつき、僅かに両膝を立てて豊満な尻を支えた。

そしてズンズンと小刻みに股間を突き上げながら、潜り込むようにして乳首に吸い付き、舌で転がしながら顔中で柔らかな膨らみを味わった。

左右の乳首を順々に含んで舐め回し、さらに腋の下にも鼻を埋め込んだ。

和毛は生ぬるく湿り、何とも甘ったるいミルクのような汗の匂いが鼻腔を満たしてきた。

奈美子も腰を遣いはじめ、何とも心地よい摩擦と収縮を繰り返しながら、大量の愛液で互いの股間をビショビショにさせた。

充分に体臭を味わい、下から唇を求めると、彼女も上からピッタリと唇を重ね、舌を挿し入れてきた。

生温かな唾液に濡れ、滑らかに蠢く舌を味わい、彼は注がれる唾液でうっとりと喉を潤しながら突き上げを強めると、

「アア……、いきそうよ……」

奈美子が口を離し、熱く喘いだ。

湿り気ある吐息は、今日も白粉のような濃厚に甘い刺激を含んで彼の鼻腔を掻き回してきた。

さらに志郎は、彼女の濡れた口に顔中を擦り付け、吐息の匂いに酔いしれた。奈美

子も舌を這わせ、顔中を清らかな唾液でヌルヌルにしてくれた。

志郎も激しく高まってきた。と、そのとき異様な感覚に気づいたのだ。何やら下半身全体が、生温かなものに締め付けられているのである。

蛇か竜のようなものと化した彼女の下半身が、ペニスのみならず志郎の腰から両脚にまで巻き付いて、まるで巨大な膣口に下半身が呑み込まれているようだった。

どうやら薄暗い中で、奈美子は本来の姿になってくれたのだ。

「ああ、すごい……」

志郎は全身で締め付けを味わいながら、絶頂を迫らせた。

顔を見ると、奈美子の表情は薄ぼんやりだが美しいままで、特に牙が生えているわけでもない。

ただ吐息の匂いがさらに濃厚になり、彼は溶けてしまいそうな心地で胸を満たし、そのまま絶頂に達してしまったのだった。

「い、いく……、ああッ……！」

大きな絶頂の快感に貫かれて喘ぎ、熱い大量のザーメンをドクンドクンと勢いよくほとばしらせた。

「あ、熱いわ、感じる……、アアーッ……！」

奈美子も噴出を受け止めて声を上げ、ガクガクと狂おしいオルガスムスの痙攣を開始した。志郎は、もうどこを締め付けられているのか分からず、全身が肉襞の摩擦を受けているような快感の中、心置きなく最後の一滴まで出し尽くしていった。

すっかり満足しながら、徐々に突き上げを弱めて力を抜いていくと、

「ああ……、良かったわ……」

奈美子も声を洩らし、熟れ肌の強ばりを解きながらグッタリと彼にもたれかかってきた。

荒い呼吸を繰り返しながら気づくと、もう異様な感覚は消え去り、ペニスは膣内に納まって彼女の下半身も通常に戻っているようだった。

まだ膣内は名残惜しげな収縮を繰り返し、刺激されたペニスがヒクヒクと過敏に内部で跳ね上がった。

「も、もう堪忍……」

奈美子も感じすぎるように声を絞り出し、キュッときつく締め上げてきた。

志郎は美熟女の重みと温もりを受け止め、熱く甘い白粉臭の吐息を胸いっぱいに嗅ぎながら、うっとりと快感の余韻を味わった。

「い、今のは一体……」

幻だったのだろうかと、志郎は声に出した。

もちろん奈美子は普通の人間ではなく、それは彼が強大なパワーを持ったことでも証明されているだろう。

「夏休み中も、うちでバイトしてくれる?」

奈美子が、荒い息遣いを繰り返しながら囁いた。

「ええ、もちろん……」

志郎は答え、まだ萎えないペニスを震わせながら、次はどんな快楽を味わおうかと思ったのだった……。


(了)

※本作品はフィクションです。
作品内の人名、地名、団体名等は
実在のものとは関係ありません。

長編小説

みだら海（うみ）の家（いえ）

睦月影郎（むつきかげろう）

2020年6月30日　初版第一刷発行

ブックデザイン……………………… 橋元浩明（sowhat.Inc.）

発行人…………………………………………… 後藤明信
発行所………………………………… 株式会社竹書房
〒102-0072　東京都千代田区飯田橋2－7－3
電話　03-3264-1576（代表）
03-3234-6301（編集）
http://www.takeshobo.co.jp
印刷・製本……………………… 中央精版印刷株式会社

ISBN978-4-8019-2288-4　C0193

竹書房文庫　好評既刊

長編小説

あやかし秘蜜機関

睦月影郎・著

突然のモテ期は国家の秘密プロジェクト⁉

美女を思うままに…圧巻の奇想官能ロマン

月岡治郎は、ある日、同じハイツに住む人妻に誘惑され初体験を果たすと、その後も女子大生から熟女まで次々と女が寄ってくる。そして、突然のモテ期に困惑する治郎の前に、秘密機関のエージェントが現れ、驚愕の事実を聞かされて⁉　国家による淫らな計画…奇想エロス巨編。

定価 本体660円＋税